KB159866

노래는 허공에 거는
덧없는 주문

성기환의 노랫말 얄라셩

노래는 허공에 거는
덧없는 주문

성기환 평론집

꿈꾼문고

노랫말 연구 서설

이 책은 2016년 1월 15일부터 2017년 1월 5일까지 1년 가까이 〈한겨레〉에 연재한 「성기완의 노랫말 얄라셩」을 바탕으로 하고 있다. 격주로 24회 연재한 이 코너는 〈한겨레〉 토요판에만 있던 '시' 지면에 실렸었다. 이 지면이 1년 만에 사라지면서 해당 코너도 중단됐다.

〈한겨레〉에 실었던 글에 첨삭을 가했다. 거기에 몇 곡의 노래를 덧붙이고, 이 머리말을 앞세워 책으로 엮어본다. 새로 출판사를 여는 '꿈꾼문고'의 첫 책이라는 영광된 자리를 얻었으나 부담이 될 뿐이다. 누를 끼치는 것은 아닐지. 선뜻 이 책을 출판사의 첫 책으로 받아준 관계자분들께 뭐라 감사함을 전해야 할지 모르겠다. 연희동 근처에서 사드렸던 오소리감투와 맥주 몇 병으로는 절대 모자라는데……

　거두절미하고, 노랫말이란 무엇인가. 노랫말에 관해 책을 내려면 먼저 노랫말이 무엇인가를 따져보는 것이 도리일 것이다. 노랫말은 영어의 '리릭스(lyrics)'와 비슷한 말이며 한자로는 '가사(歌詞)'와 같은 뜻으로, 국어사전에 '가곡, 가요, 오페라 따위로 불릴 것을 전제로 하여 쓰인 글'이라 정의된다. 한마디로 노랫말은 '노래를 전제로 하는 말의 특수한 쓰임새 또는 존재 방식'이라 할 수 있다.

　그렇다면 노랫말은 노래의 하위 구성 요소일까? 이 물음에는 선뜻 대답하기가 쉽지 않다. 노래가 없다면 노랫말은 성립하지 않는다. 그러나 노랫말 없는 노래도 존재하지 않는다. 뜻이 없는 노랫말은 있을 수 있다. 서양 음악의 '보컬리즈(vocalise)'는 모음으로 이루어진 발성 연습을 뜻하는데, 그 노랫말들은 그저 발음일 뿐 뜻이 없다. 그러나 그 역시 노랫말이라 할 수 있다. 이 대목에서 흥미로운 것은 노래가 노랫말보다 먼저 존재한다고 볼 수도 없고(노랫말 없는 노래는 있을 수 없으므로), 그렇다고 (노래라는 개념 없이는 노랫말이라는 파생 개념이 튀어나오기 힘들다는 점에서) 노래 이전에 노랫말이 존재했다고도 볼 수 없다는 점이다. 말이 태어난 이후라야 노랫말이 있지만 말 이전에 노래가 있었을 수도 있다. 노래 이전에 '운을 갖춘 말'이라는 건 먼저 존재했을 수도 있다. 그렇다고 그것이 온전한 의미에서의 노래의 기원이라고 말할 수도 없다. 이 관점에서 중요한 연구 대상이 되는 장르가 바로 '랩(rap)'이다.

랩은 노래인가, 아닌가? 랩은 운을 갖춘 말과 노래의 중간쯤 된다. 어쩌면 랩은 (오스트랄로피테쿠스처럼) 말에서 노래로의 진화 과정을 보여주는 중간종인지도 모른다. 그것은 독자적인 하나의 장르이면서 동시에 노래의 원시적인 형태일 수도 있다. 그러나 단순하지 않은 것은, 랩이 노래의 새로운 장을 여는 보다 복합적인 노래일 수도 있기 때문이다. 어떤 면에서 랩은 노래보다 단순하게 보이지만, 다른 한편 노래보다 더 복잡한 얼개의 구조물일 수도 있다.

정리하자면, 노랫말은 말의 장단에 가락을 실어 그 뜻을 새긴 특수한 언어적 범주에 속하는 말의 쓰임이다. 그렇다면 이제 '우리 노랫말'이라는 구체적인 범주를 따져볼 차례다. 우리 노랫말이란 무엇인가. 간단하게는 '한글로 된 노랫말'이라 할 수 있다. 그러나 이러한 정의 역시 단순하지는 않다. 예를 들어 신라의 향가는 '한글'로 되어 있지 않다. 향가는 알다시피 이두로 기록되어 있기 때문에 우리 노랫말의 범주 바깥에 있는 노랫말이라고 말할 수도 있다. 그러나 향가를 실제로 노래로 부르던 사람들의 '목소리'를 연상해본다면, 그 목소리는 틀림없이 '우리말'을 구사했을 것이다. 따라서 우리 노랫말이라는 개념을 보다 정확히 정의한다면 '우리말로 불린 노랫말'이 될 것이다.

그러나 21세기가 된 지금 이 정의도 애매하기는 마찬가지다. 영어를 비롯한 외국어가 들어가는 우리 노랫말이 아주 많기 때문이다. 외국어가 들어간 우리 노래도 우리 노랫말의 범주에 넣을 수 있을까 하는 문제는 논란거리가 아닐 수 없다. 그러나 이러한 상황은 노랫말의 울타리를 넘어서 글로벌 시대인 21세기의 언어생활 속 우리말 내지는 보다 일반적으로 '지역어'가 겪고 있는 존재 조건과 맞물려 있다. 지구상의 모든 지역어는 보편어 역할을 하는 영어, 중국어 등의 언어와 매우 복잡한 관계를 이루며 독특한 혼합체(hybrid)적 성격의 미래 언어로 진화하는 중이다. 각 지역어 사이의 경계는 그 어느 때보다 허물어져 있다. 이러한 언어적 조건을 고려한다면 우리 노랫말에 영어가 많이 들어간다고 무조건 개탄하는 것도 시대 상황과 어울리지 않는다고 볼 수도 있다.

이 모든 논의는 노래와 노랫말의 특수하고 복잡한 관계를 잘 보여준다. 노랫말이라는 것 자체가 매우 흥미로운 연구거리라 할 수 있다. 간단하게 말하면, 그 둘은 서로가 서로의 먼저이자 나중이다. 독특한 방식으로 그 둘은 하나이자 여럿이다. 노랫말의 복잡한 정체성을 실제 세계에서 담보해주는 유일한 실체는 '목소리'다. 사람의 목소리는 실로 노래의 신비로운 존재성을 실체화하는 살아 있는 유일무이한 몸이다. 그만큼 노랫말은 목소리와 불가분의 관계를 맺고 있다. 그래서 노랫말은 '당대의 목소리'가 현존하는 방식과 깊은 관계가 있다. 이에 관한 본질적이고도 개념적인 연구는 차차 더 진행하기로 하고 여기서는 단지 노랫말이라는 말의 쓰임이 가지는 흥미로운 다중성만을 이 정도로 언급하고 지나가기로 한다. 지금은 구체적인 우리 노랫말을 직접 들여다보는 것이 더 시급하다.

어쩌면 이 책은 본격적인 우리 노랫말 평론집으로는 드물게 나온 책이라고도 할 수 있다. 나는 개인적으로 고려가요 「청산별곡」의 전통이 김소월로 전해졌다가 20세기 후반에는 산울림이 그 바통을 넘겨받았다고 생각한다. 텍스트가 가지고 있던 권력 때문에 김소월에서 산울림으로의 이행은 무시되거나 소홀히 다뤄져왔다. 노랫말과 시를 통합하는 보다 넓은 시야의 한국문학사가 21세기에 본격화되길 기대하는 것이 허황된 일은 아니라고 생각한다.

여러 군데서 누차 말했거니와, 21세기는 목소리의 시대다. 텍스트의 시대는 갔다. 목소리의 현존성 자체가 공유되고 소통되며 판매된다. 밥 딜런이 노벨문학상을 받은 건 그런 시대상의 반영일 뿐이다. 나는 이 책을 통해 텍스트에서 목소리로의 재이행이라는 거대한 시대적 변화의 한 양상을 드러내 보이고자 한다. 고려가요나 향가 등 고전적인 우리 작품들을 문학작품이라기보다는 노랫말의 관점에서 다시 바라보는 일은 21세기 한국문학 연구의 최대 과제의 하나일 것이다. 본격적인 연구는 사실 내 능력 바깥이라 다른 분들의 연구로 미루고, 나는 우선 내가 좋아하는 노래들의 노랫말을 분석하여 우리 노랫말의 장단과 짜임새를 밝히는 데 약간의 도움이 되고자 하며 그 과정에서 우리말의 아름다움이 드러나기를 바란다.

2017년 가을 연희동에서
성기완

| 차례 |

아마 늦은 여름이었을 거야

작사·곡 김창완 / **노래** 산울림

꼭 그렇진 않았지만 구름 위에 뜬 기분이었어
나무 사이 그녀 눈동자 신비한 빛을 발하고 있네
잎새 끝에 매달린 햇살 간지런 바람에 흩어져
보얀 우윳빛 숲속은 꿈꾸는 듯 아련했어

아마 늦은 여름이었을 거야
우리 둘은 호숫가에 앉았지
나무처럼 싱그런 그날은
아마 늦은 여름이었을 거야

한국 록의 새 시대가 열리던 순간
위대했네, 꼭 그렇진 않았지만

꼭 그렇진 않았지만 구름 위에 뜬 기분이었어

(…)

잎새 끝에 매달린 햇살 간지런 바람에 흩어져

오랜만에 산울림의 노래에 귀를 기울인다. 이 노래를 처음 들었을 때의 그 느낌을 향한 시간 여행이 시작된다. 그때처럼, 나는 이 노래에 빠져든다기보다는 풀려들어간다. 나의 귀와 이 노래의 혀는 서로 너무나 호흡이 잘 맞는 연인들의 그것들처럼 돌돌 잘도 감긴다. 아, 나는 이 노래를 사랑한다. 이 소리들의 흐름, 속삭임, 높낮이와 분절의 모든 것들을, 나는 단 1%의 노력도 들이지 않고 100% 알고 있다. 실은 말하기도 전에 알아버린 느낌이다. 단어의 의미들은 거추장스러운 옷고름에 불과하다.

이 노래는 뜻 이전에 존재하는 어떤 쾌적하고 신비스러운 분위기를 전해준다. 그 누가 이 가사의 뜻풀이를 죽어라고 하랴. 해도 괜찮지만, 해도 헛수고다. 노래는 정신 깊은 곳에 그 노래의 기원과 만나는 매우 훌륭한 지도를 숨겨놓는다. 그 지도는 의미의 지도가 아니라 소리의 지도다. 사실 21세기는 소리 지도의 세기다. 이쪽으로 빠지면 헤어 나오지 못할 거 같으니 이 얘기는 다음에.

이 노래와 함께 어떤 늦은 여름의 장면으로 거슬러 올라가려면 'ㄹ'의 음가를 오토바이 타듯 타야 한다(기타로 오도바일 타자). 자, 우리 리을을 타고 한번 가볼까? 리을은 너를 데려가는 원동력이야. 발음해봐. 리을은 혀를 말아서 돌려야 발음되지? 느낌과 뜻을 회전시키지? 따라해보자. '록앤롤(Rock and Roll)'. 여기에는 리을이 두 개나 있다. '록앤롤'의 거대한 역사를 출발시킨 노래 중의 하나가 척 베리의 「베토벤 위에서 굴러라(Roll over Beethoven)」아니겠니. 리을은 록 음악의 가장 중요한 발음이야. 록-앤-롤.

'그렇', '구름', '달린', '간지런', 이런 음소들이 두둥실, 나를 데려간다. 그러나 매끄러운 바퀴인 리을만 있는 건 아니다. '았', '었', '끝', '흩' 등 딱딱한 발음의 음가들이 주로 받침으로 리을 주변에

아주 리드미컬하게 곤추서 있다. 이 발음들은 잘도 굴러가는 흐름에 굴곡과 긴장을 만드는 돌부리들이라 할 수 있다. 독자들도 그냥 눈으로 보지만 말고 리을의 부드러움과 경자음의 딱딱함, 풀림과 막힘을 직접 발음하면서 경험해보길 바란다.

자, 그래서 넌 이 노래와 더불어 어디로 가니. 호숫가의 벤치로 간다. 우리 둘이 앉았던 호숫가의 '보얀 우윳빛 숲속은 꿈꾸는 듯 아련했'던 것이다. 방금 거기 앉아서 첫 키스를 하고 돌아온 아이한테 어른들이 묻는다.

'너 어디 갔다 왔어?'

아이는 '저……' 하고 고개를 숙인다. 아이는 진술을 거부한다. 꿈속의 아련함만이 보얀 두 볼에 흔적처럼 남아 있다. '아련함'이란 무엇인가? 사랑의 느낌이다. 아련함이 이 노래의 키워드다. 그래서 이 노래는 모호함 그 자체인 아련함을 있는 그대로 표현하기 위해, 그다음의 진술 전체를 모호하게 만들어버릴지도 모르지만, 문자 그대로 위험을 무릅쓰고 이렇게 시작한다.

꼭 그렇진 않았지만……

언뜻 하잘것없는 이 한마디로, 한국의 록 음악사는 그 이전과 이후로 갈린다. 이 노랫말은 한국 록 음악사상 가장 중요한 노랫말이다. 아직 아무 말도 하지 않았는데, 벌써 '꼭 그렇진 않았'단다. 논리적으로 이 말은 그 이전에 다른 어떤 진술이 있어야 성립된다. 아이는 그 형식논리를 거부한다. 어른들은 이런 말을 가장 싫어한다. 어른들은 너무 의미 깊게 살아들 오셨다. 뜻을 세워야 했다. 망한 나라의 정신을 일으켜 세워야 했다. 뜻 지(志)!

백두산의 푸른 정기 이 땅을 수호하고

(「나의 조국」)

'노노노노노'(노래 하수빈). 됐다고 전해라. 1977년. 나는 초등학교 5학년이었다. 학교에서는 매일 「나의 조국」을 부르고 들어야 했다. 선생님은 매사에 '그렇다는 거야, 안 그렇다는 거야?' 하고 따져 물었다. 그때 산울림 1집이 발매됐다. 무자비한 유신 독재의 와중에 100억 불 수출 목표가 달성됐다.

아니 벌써 해가 솟았나?

(「아니 벌써」)

당시 대학생들은 '유신 반대'라고 정확하게 말했다가 사형당한 선배들을 봤다. 먹고살 걱정은 슬슬 덜하게 되었고 테니스 채를 들고 다녔으며 얼굴에 윤기가 흘렀다. 그런 아이들이 장발 단속한다고 가위를 들고 다니는 공권력을 좋아했을 리가 있나. 그러면서도 대놓고 '반대한다'고 진술할 수는 없었다. 이런 이중성이 '꼭 그렇진 않았지만'이나 '~하는 것 같아요' 같은 어법으로 표현되기 시작한 것이 1970년대 후반이었다.

결국 '꼭 그렇진 않았지만'이 포인트다. '렇'에서 ㄹ로 부드럽게 넘어가려다가 ㅎ 받침으로 숨을 딱 막아버리며 은연중 호흡곤란을 겪는 이 한마디는 한편으로는 사랑의 아련함을 표현하면서 뒤로는 슬쩍 당시 젊은이들의 시대정신을 숨기고 있다. 노래가 드러내는 정치성은 늘 이런 식이다. 노래는 답변을 회피함으로써 욕망을 드러낸다. 록은 그런 젊은이들의 언어다. 이런 노랫말을 발견한 산울림은 정말 위대하다. 우리말의 일상 어법이 록 음악이라는 생소한 음악 문법과 딱 맞는 염기쌍을 찾는 역사적인 순간, 인식론적 단절의 순간이다. 한국 록은 산울림 이전과 이후로 나뉜다.

노래다울 때, 노래는 늘 뜻을 팽개쳐버린다. 고려가요의 가장 중요한 노랫말은 '얄리얄리 얄라셩'이다. 이 후렴구의 무의미하지만 무궁무진한 매력에 빠져들면 천 년 전 선조들의 노랫소리가 쟁쟁하게 귓가에서 살아난다. 소월이 이어온 전통 시의 맥은 바로 그 흐름이었고, 그 바통을 이어받은 건 시인들이 아니라 산울림이었다.

세상모르고 살았노라

시 김소월 / **각색** 지덕엽·이응수 / **작곡** 지덕엽 / **노래** 활주로

가고 오지 못한다는 말을
철없던 시절에 들었노라
만수산을 떠나간 그 내 님을
오늘날 만날 수 있다면

고락에 겨운 내 입술로
모든 얘기 할 수도 있지만
나는 세상모르고 살았노라
나는 세상모르고 살았노라

돌아서면 무심타는 말이
그 무슨 뜻인 줄 알았으랴
제석산 붙는 불이 그 내 님의
무덤의 풀이라도 태웠으면

고락에 겨운 내 입술로
모든 얘기 할 수도 있지만
나는 세상모르고 살았노라
나는 세상모르고 살았노라

나는 세상 모르고 살았노라

『가고 오지 못한다』 하는 말을
철없던 내 귀로 들었노라.
만수산(萬壽山)을 나서서
옛 날에 갈라선 그네 님도
오늘날 뵈올 수 있었으면

나는 세상 모르고 살았노라,
고락에 겨운 입술로는
같은 말도 조금 더 영리하게
말하게도 지금은 되었건만.
오히려 세상 모르고 살았으면!

『돌아서면 무심타』고 하는 말이
그 무슨 뜻인 줄을 알았으랴.
제석산(晞昔山)붙는 불은 옛 날에 갈라선 그네님의
무덤엣 풀이라도 태웠으면!

* 1950년 숭문사판 띄어쓰기 및 표기법에 따랐다.

세상모르고 살았노라, 비명과 한숨의 변증법

말하는 노래, 노래하는 말

중학교 1학년 때인 1979년 어느 여름이었다. 내게는 C라는 조숙한 친구가 있었는데, C가 자기 집에서 음반 하나를 들려주었다. 그한 해 전인 1978년에 열렸던 '제1회 TBC 해변가요제'의 LP였다. 그 음반에서 항공대학교 출신 그룹사운드 '런웨이(Run Way)'의 「세상모르고 살았노라」를 처음 접했다. LP판에 바늘을 올려놓은 C는 아직 변성기가 지나지 않은 앳된 목소리로 배철수를 흉내 내어 낮고 의젓하게 '가고 오지 못한다는 말을~ 철없던 시절에 들었노라~' 하고 따라 부르는 것이었다. 철없던 시절이라니. 철없는 우리가. 그 읊조리는 톤 하며, 대수롭지 않다는 듯한 쿨함이 그렇게 멋있을 수가 없었다. 나는 매료되었다. 나도 이내 그 목소리를 따라하기 시작했다. 어른처럼 행동하고 싶어하려던 때였다.

그해 겨울 어느 날 서울 은평구 응암동의 리어카에서 불법으로 파는 '제1회 TBC 해변가요제' 카세트테이프를 구입했다. 지금은 생각나지 않는 아주 싼 값이었다(200원에 두 개쯤 아니었나 싶다). 플레이 버튼을 누르면 왠지 조금 촌스럽게 녹음된 끼룩끼룩 하는 기러기 소리와 파도 소리에 이어 황인용 아나운서가 '제1회 TBC 해변가요제 본선 대회!'라고 선언하자마자 박수 소리가 터져 나오면서 징검다리의 「여름」으로 넘어가는 이 명반에 있는 모든 곡들을 나는 거의 외우다시피 들었다.

중학교 2학년 때 갓 부임한 음악 선생님이 통기타 반을 만드셨는데, 그때 엄마를 졸라 허리우드 극장 근처 낙원상가에 가서 아주 싼 세고비아 통기타를 샀다(3만 원쯤이었던 것으로 기억된다). 지금 생각하면 그 음악 선생님은 멋진 분이었다. 코르크 통굽 하이힐을 자주 신던 이 선생님은 클래식 음악을 전공했으나 1970년대 포크송 문화나 팝송 문화를 학생들과 공유하려고 노력했다. 통기타 반에서 처음 기타를 익힌 나는 집에 와서 밤늦도록 기타를 치기 시작했다. 해변 가요제 테이프를 들으며 장남들의 「바람과 구름」, 블루드래곤의 「내 단 하나의 소원」, 피버스의 「그대로 그렇게」 등을 따라했다. 테이프를 B면으로 넘기면 다시 황인용 아나운서의 목소리가 등장하고 바로 시작하는 블랙테트라의 「구름과 나」에 이어 두 번째 곡으로 「세상모르고 살았노라」가 있었다. 피버스의 「그대로 그렇게」가 D마이너 키, 「구름과 나」가 A마이너 키, 「세상모르고 살았노라」가 E마이너 키였다. 왜 이렇게 마이너 즉 단조가 많았는지! 당시 젊은이들에게 청춘은 청승이었나 보다.

기억을 되살리다가 새삼 놀라게 된다. 그 싸구려 테이프가 시작이었다. 그 이후 나는 '빽판'을 사기 시작했고 대학가요에서 디스코로, 디스코에서 록으로, 블루스로, 헤비메탈로, 사이키델릭 록으로, 프로그레시브를 거쳐 재즈로, 나아가 프리재즈로 이어지는 음악 듣기의 대모험을 떠났던 것이다. 이 여행은 돌이킬 수 없는 것이었다. 지금까지 내 인생에 벌어진 모든 일의 씨앗이 이미 그 테이프에 담겨 있었다. 그 노래 하나하나가 어린 나의 운명을 점지해주었다는 걸 생각하니 소름이 돋을 지경.

여러 노래들 가운데 특히 내 귀를 빼앗은 것은 배철수의 목소리였다. 그는 어떻게 그런 노래 스타일을 갖게 되었을까. 10대 시절에 무슨 불행이라도 겪었을까. 스무 살 갓 넘은 청년이 달관의 한숨이라니. 물론 배철수의 한숨에 매가리가 없는 것은 결코 아니다. 그 한숨은 결기를 지니고 있었는데, 과장해서 말하면 각혈하는 듯한 톤이었다. 「세상모르고 살았노라」에서 배철수는 ㄱ 발음을 ㅋ에 가깝게, ㅈ 발음은 ㅊ에 가깝게 한다.

가고 오지 못한다는 말을
철없던 시절에 들었노라

노래의 문을 여는 이 구절을 발음에 가깝게 적어보면 이렇다.

카고 오치 못한다는 말을
철없던 시철에 들었노라

이 도입부에서 의미상으로나 발음상으로 중심은 '철없던'이다.
'철'이 아주 거칠게 들린다. 배철수는 거의 위 안에 들어 있던 금
속성의 이물질을 뱉어내듯 이 ㅊ 발음을 한다. 그러고 나서 '없던'
을 발음하기 직전에 짧은 포즈를 둔다. 이 포즈 또한 의미심장하
다. '철'과 '없던' 사이에 존재하는 그 깊은 단절은 금속성의 발음
을 다시 삼키는 듯한 느낌을 준다. 칼을 뱉었다가 다시 먹는 격이
다. 그의 한숨에는 그처럼 날카로운 금속성 마찰이 느껴진다. 이것
이야말로 김소월이 시에서 표현하고자 했던 것 아닌가!

고락에 겨운 내 입술로
모든 얘기 할 수도 있지만

이 대목에 중심 메시지가 담겨 있다. 세상모르고 살기로 결정한 배경에는 피 토하며 뱉던 원망과 그리움의 말들을 다시 집어삼켜 자기 배 속에 한으로 저장하겠다는 비장한 결심이 있다. 이 피어린 비명은 그러나 다시 삼켰으므로 겉으로 드러나지 않고 행간에만 존재한다. 그것이 김소월 시의 핵심이다. 나라를 잃어놓고 이 정도의 뼈아픔을 품지 않으면 시인이 아닐 것이다. 소월의 요절은 삼켜버린 그 금속성 자음의 칼날들이 제 몸을 찔러서 벌어진 필연적인 비극이 아니었던가!

원래 텍스트로 발행된 시를 노래 가사로 활용한 노래들이 참 많지만, 그중에 「세상모르고 살았노라」는 으뜸에 가깝다. 시의 정조와 노래의 분위기가 일관성 있게 유지된다는 점도 그렇고, 소월 시의 핵심을 텍스트로 읽을 때보다 노래로 부를 때 훨씬 더 생생하고 멋지게 전달하기 때문이다.

배철수에게는 목소리의 톤을 노래의 멜로디 이전에 들리게 하는 매력이 있다. 그래서 배철수의 노래는 노래와 랩의 중간쯤으로 들린다. 그가 부르는 노래는 억지로 지은 멜로디의 집이 아니라 구음에 가장 가까운 목소리 자체가 된다. 그 톤은 그의 노래에서나 이야기나 내레이션에서 그대로 이어진다. 그래서 그가 〈배철수의 음악캠프〉를 진행할 때나 다큐멘터리 영상의 뒤에서 내레이션을 할 때 모두 노래할 때와 마찬가지의 울림이 들린다. 어떤 면에서 배철수는 계속 노래하고 있는 거나 마찬가지다. 이건 일종의 '말하는 노래'요, '노래하는 말'이다.

21세기가 되어 말하는 노래의 맥을 이은 사람이 장기하다. 그는 배철수의 목소리 톤이 어떻게 작동하는지 잘 안다. 내뱉다가도 다시 먹어 울먹거리며 끊어지는 어떤 단절감, 어눌함이 이른바 '88만원 세대'의 어려움과 세상에 대한 말 못할 배신감을 표현하는 데 안성맞춤이었다. 장기하는 이런 목소리의 톤을 더 분화하여 아예 랩으로도 구사한다.

해변가요제 앨범 재킷을 보면 「세상모르고 살았노라」가 지덕엽 작사 · 작곡으로 되어 있다. 작사라고 되어 있는 건 원본 시에서 군더더기를 빼고 노래 가사로 쓸 만한 대목만 남기는 각색을 지덕엽이 했기 때문일 것이다. 또 다른 자료에 보면 이웅수, 지덕엽 작사, 지덕엽 작곡으로 나와 있다. 반면 배철수 본인의 증언에 의하면 이웅수 개사 나원주 작곡이 맞다. 어쨌든 이웅수는 런웨이, 활주로를 거쳐 송골매에 이르기까지, 특히 배철수가 부른 여러 곡들을 지은 작사가이기도 하다. 배철수의 노래 톤과 멜로디를 이어주는 과정에서 이웅수의 가사가 큰 역할을 하지 않았나 짐작해본다.

「세상모르고 살았노라」의 기타리스트인 지덕엽은 런웨이, 활주로, 초기 송골매의 기타리스트로서, 작곡가로서 밴드의 사운드 메이킹에 혁혁한 공을 세운 뮤지션이다. 잊을 수 없는 개성으로 한국 록 음악사에 한 획을 그은 그의 기타 스타일은 단번에 귀를 휘어잡는 리프에서 시작된다. 「세상모르고 살았노라」와 「탈춤」에서, 다 같이 마이너의 근음에서 시작되는 리프는 단순하고 박진감 넘친다. 리프를 때린 후 '장가자작장~' 하는 특유의 커트 기타로 노래의 리듬을 이끌어나가는 동시에 보컬 사이사이에 '띠잉딩 디리딩~' 하는 식의 펜타토닉 솔로를 맛나게 집어넣음으로써 곡의 흥취를 더하는 식이다. 이런 전기기타 스타일은 지덕엽 특유의 카랑카랑한 펜더 기타를 통해 울려 나와 이른바 '그룹사운드'라고 불리던 당시의 대학가 록 스타일의 중요한 뼈대가 된다. 우리 세대가 알고 있는 많은 노래의 리듬과 톤이 지덕엽 스타일이다.

활주로의 배철수는 산울림의 김창완과 참 대조적이다. 배철수의 보컬이 어른이 토하는 한숨이라면 김창완의 보컬은 아이가 지르는 비명이다. 김창완과 배철수가 우리말의 발음으로 제대로 록을 노래한 첫 세대가 아닐까 싶다. 그들은 한글이 목청과 혀를 통해 만들어지고 입에서 나오는 실제적인 에너지를 노래의 결에 실어 우리에게 날것 그대로 전달한 사람들이다.

비명과 한숨. 사람 목에서 나오는 이 두 소리는 한국의 현대사를 언어 이전에 규정하는 바탕소리일 것이다. 비명과 한숨은 또한 김소월의 시 세계를 이해하는 데 적절한 음향적 모티브일 것이다.

소월 시의 메커니즘을 비명과 한숨의 변증법으로 풀어도 무방할 것 같기 때문이다. 이별의 아픔(비명)이 한의 시간을 지르밟고 받아들임(체념)에 이르는 과정이 소월 시의 전체적 구도다.

산울림이 '비명의 록'이라면 활주로는 '한숨의 록'이다. 물론 비명의 록 안에도 읊조림과 넋두리가 있고 한숨의 록 안에도 감탄사와 샤우팅이 있다. 비명과 한숨의 의미를 무 자르듯 딱 나누기도 힘들 것이다. 록은 외침이고 즐거움이다. 록은 비명이든 한숨이든 젊은이들의 외침이고, 즐거워서 하는 음악, 즐거우려고 하는 음악이니까. 그런데 '즐거운 비명'이라는 말은 있어도 '기쁜 한숨'이라는 말은 없다. 산울림의 비명은 삼 형제 중에 한 명이 불의의 사고를 당할 때까지 즐겁게 계속될 수 있었다. 반면 활주로는 나중에 송골매가 되는데, 내 생각에 그 근본 이유는 '한숨'의 공백을 메우기 위한 구창모 스타일의 '비명'이 필요했던 것 아닌가 싶다. 한숨은 대중적인 관점에서는 록의 공백을 의미할 수도 있기 때문이다.

송골매가 되어 더욱 대중적인 인기를 얻긴 했지만 왠지 배철수의 '한숨 록' 정체성이 흔들린 것은 개인적으로 아쉬웠다. 한숨 록은 한국 로큰롤사에서나 나올 수 있는 매우 독창적인 양식이었기 때문이다. 마치 소월 시의 스타일이 일제 치하의 조선에서 나올 수밖에 없었던 시 세계였던 것처럼, 한숨 록이라는 스타일은 우리 현대사에서나 가능한 로큰롤 스타일이 아닐까 싶다. 비명의 록과 한숨의 록. 이 두 스타일은 우리의 정신세계 밑바닥에 있는 비명과 한숨을 대변하면서 지금까지도 계속되고 있다. 세월호 아이들의 비명과 어른들의 한숨. 아직 통일도 되지 않은 한반도. 핵실험과 미세먼지…… 비명과 한숨의 현대사는 현재진행형이다. '세상 모르고 살'고 싶지만 세상이 그렇게 놔두질 않는구나. 임을 향한 소월 식의 저주는 여전히 멋지고도 뼈아프다.

> 제석산 붙는 불이 그 내 님의
> 무덤의 풀이라도 태웠으면

누군가 한국 현대사의 무덤에 무성한 잡초들을 좀 확 태워버리면 좋으련만.

햇님

작사·곡 신중현 / **노래** 김정미

하얀 물결 위에 빨갛게 비추는
햇님의 나라로 우리 가고 있네
둥글게 솟는 해 웃으며 솟는 해
높은 산 위에서 나를 손짓하네
따뜻한 햇님 곁에서 우리는 살고 있구나

고요한 이곳에 날으는 새들이
나를 위하여 노래 불러주네
얼마나 좋은 곳에 있나 태양 빛 찬란하구나

얼굴을 들어요 하늘을 보아요
무지개 타고 햇님을 만나러
나와 함께 날아가자
영원한 이곳에 그대와 손잡고
햇님을 보면서 다정히 살리라
라라라 라라라 라라라 라라라
라라라 라라라 라라라 라라라

한국적 사이키델릭 혁명의 최고봉

박정희의 폭정과 「햇님」

한국 근대 대중음악은 30년 주기의 지각변동을 겪어왔다. 그 첫 번째는 1930년대 조선에서 으뜸이던 불세출의 뮤지션 김해송이 도입한 재즈로 인해 찾아왔다. 김해송은 흑인에게서 유래하고 미국이라는 용광로에서 자란 재즈의 리듬을 과감히 타령조의 우리 민중음악에 접목했고, 그 결과 한국 최초의 모던 팝이 기틀을 다지게 된 것이다. 1930년대의 모던 보이들은 그의 음악을 통해 그대로 세계시민이 되었다.

두 번째 지각변동을 일으킨 이는 신중현이다. 그는 1960년대 말에서 1970년대 초, 엘비스 프레슬리에서 시작하여 비틀스, 지미 헨드릭스 등으로 진화해간 로큰롤 혁명을 산 채로 떠서 우리의 정서에 어울리는 음악적 문법으로 간단히 정리해버렸다. 사이키델릭 분위기의 이 사운드는 몇 년의 시간차를 두고 미국 캘리포니아에서 남한의 서울, 필리핀의 마닐라, 저 아프리카 나이지리아의 수도 아부자에 이르기까지 전 세계를 뒤덮었다. 인류 최고의 불꽃놀이였다.

타올라라, 타올라라, 끝내주는 노란 폭죽처럼 타올라라……

미국의 비트 작가 잭 케루악의 소설 『길 위에서(On the Road)』에 나오는 위의 구절처럼 사운드의 불꽃놀이는 나라마다 사회마다 그 의미와 색깔을 조금씩 달리하면서 한 세대의 청년들에게 완전한 의미의 매혹으로서의 일종의 '얼얼함'을 가져다주었다. 한국에서 타오른 불꽃의 이름은 많았지만, 그중 가장 두드러진 이는 신중현이었다. 그는 1960년대 초 애드포(ADD4)를 결성한 이래로 1975년 대마초 파동으로 유신정권에 의해 목청이 꺾일 때까지 근 10여 년을 한국적인 사이키델릭 록 음악으로 화려하게 수놓았다.

세 번째 지각변동은 1990년대에 서태지를 통해 이루어졌다. 그는 헤비메탈과 힙합의 양 날개로 '10대라는 소수자'의 정치적, 문화적 요구 사항들을 보듬었다. 한국 최초로 음악은 음악을 넘는

신드롬이 되었고 그것은 사회적 현상으로 다뤄져야 했다.[*]

이 지각변동 중에 가장 화려했던 것은 신중현과 함께 한반도를 스치고 지나간 사이키델릭 혁명이 아닐까 싶다. 당시는 아주 모진 시절이었다. 박정희가 철권을 휘둘렀고 어른들은 이른바 '청년 문화'를 이해하지 못했다.

> **노재봉** 요사이 대중문화란 것을 저는 동작 문화라고 봐요. 그것을 저는 새로운 창조적인 문화 요인이라고 보지는 않습니다. 그것은 기분 해소로서는 이해되지만, 그것에 창조적인 가치를 부여한다는 것은 마치 생물학적인 반복적 신진대사를 문화라고 보는 것과 같은 거라고 생각해요.
>
> (「토론 — 유행이냐 반항이냐」, 『신동아』, 1974년 7월)

노재봉 같은 학자의 보수적인 문화 개념에서 벗어나 있는 이 문화를 '반문화(counter-culture)'라고 부른다. 반문화의 주인공은 '히피'였다. 히피들의 원색적이고 황홀한 색채감은 물론 맨정신에서 온 것은 아니었다. 그들은 환각 상태에서 소리를 손끝으로 '만졌다'. 사랑이라는 단어의 기원에서 물을 퍼다 마셨고 평화는 무지개처럼 창가에 걸렸다. 이때의 평화는 치졸한 정치적 수사가 아

---

[*] 182쪽 「한국 교육, 그만 좀 해」 참고.

니었다. 거대한 축제의 현장을 누비는 청년들의 참을성 있는 발걸음이었다.

한국적 사이키델릭 록의 최고봉을 신중현이 만든 「햇님」이라는 노래에서 만날 수 있다. 신중현이 짓고 전설의 여가수 김정미가 불렀다. 신비스러운 명반 『Now』가 발매된 것은 1973년, 박정희의 폭정이 극에 달했을 때다. 그런데 어떻게 이런 평화로운 노래가 나올 수 있었을까?

얼마나 좋은 곳에 있나 태양 빛 찬란하구나

어쩌면 이것은 하나의 극단적인 현실 부정일 수도 있다. 스탠더드 팝 「Over the Rainbow」가 대공황 시기에 나왔듯, 현실이라는 벽을 깨끗하게 지우는 환상의 나래가 펼쳐지는 시기는 역설적으로 괴로움이 극에 달했을 때다.

햇님의 나라로 우리 가고 있네
(…)
따뜻한 햇님 곁에서 우리는 살고 있구나

눈물겹다. 눈부시다. 하나의 노래는 하나의 여정이다. 그로테스

크한 굉음이 귀를 때릴 때 어둡고 음습한 소리의 골짜기를 거쳐야
한다. 그러고 나면 평온하고 너른 들판이 나온다. 들판은 녹색이고
그 넓은 융단 위에 맺혀 작열하는 태양은 붉은 피의 잔상을 남긴
다. 이때의 태양, 이때의 핏빛은 잔인하지 않다. 이내 그것은 핑크
빛이 된다. 영원한 평화와 사랑의 모성이 우리에게 손짓한다. 노래
는 현실을 잊는다. 넘어선다. 노래는 또한 어딘가로 우리를 데려간
다. 궁극의 그곳. 노래는 다만 암시할 뿐이다.

　「햇님」의 후반부에서 음악적 반전을 이루는 것은 현의 지속음
이다. 굉장한 기를 머금고 있는 이 단선율은 절정에 도달하고자
하는 의지를 보여준다. 이 기념비적인 단선율과 함께 사이키델릭
가요의 어떤 경지가 펼쳐진다.

　　무지개 타고 햇님을 만나러
　　나와 함께 날아가자

　더 이상 말이 필요 없다. 그다음엔 그저 '라, 라, 라'의 반복이면
족하다. 햇님과 함께, 영원히, 사라질 때까지. 사랑 노래의 정치성.
신중현의 가사는 일면 지나치게 서정적인 면이 없지 않다. 그 안
에 일상의 구체적인 정황들은 묘사되기보다는 상징적으로 지워진
다. 그러나 그것은 하나의 방어 수단이었을 수도 있다.

한국 문화는 암흑기로 점철되어 있다. 일제라는 암흑기를 넘으면 군사독재라는 또 다른 암흑기가 그 뒤를 잇고, 그다음은 신군부의 암흑기다. 그러고 나면 신자유주의의 암흑기…… 노래 부르는 일은 계란으로 바위 치기다. 노래는 힘이 없다. 바위는 굳건하고 체제는 깨지지 않는다. 이때 작동하는 것이 힘없는 노래의 힘이다. 그것은 위험하지 않지만, 그래서 더 위험하다. 1975년, 박정희 정권은 '대마초 연예인 일제 단속'이라는 철퇴를 내려친다. 신중현의 모든 것은 그때 일시적으로 중단된다.

자, 이제 꿈에서 깨어 현실로 돌아오자. 우리 음악의 또 다른 지각변동을 누가 준비하고 있나? 30년 단위라면 2020년대 중반쯤? 한 10년 더 기다려야 할 듯하다.

물 좀 주소

작사·곡 한대수 / **노래** 한대수

물 좀 주소 물 좀 주소 목마르요 물 좀 주소
물은 사랑이요 나의 목을 간질며 놀리면서 밖에 보내네

아 가겠소 난 가겠소 저 언덕 위로 넘어가겠소
여행 도중에 처녀 만나본다면 난 살겠소 같이 살겠소

아아아—
아아아—

물 좀 주소 물 좀 주소 목마르요 물 좀 주소
그 비만 온다면 나는 다시 일어나리 아 그러나 비는 안 오네

청년들이여, 물 달라고 외쳐라

「물 좀 주소」와 전복의 목마름

보통 노래의 맨 앞에는 '전주'라는 것이 있다. 전주가 무엇인가. 대문 앞에 깔린 레드카펫이다. 그 레드카펫을 밟고 목소리라는 손님이 오신다. 목소리는 또 무엇인가. 노래의 커튼 저쪽에 있는 비밀스러운 존재의 어른거림이다. 그 존재가 카펫을 따라 노래 속으로 사뿐히 입장한다. 노래가 그렇게 목소리를 새 신부로 맞아들이면 그 둘의 사랑은 시작되고, 듣는 이는 목소리와 연주의 주고받음, 사랑의 현장을 목격한다. 얼씨구나, 듣는 이마저 기분이 좋아 춤추며 하나가 된다. 이게 노래라는 의사소통 체계를 둘러싼 일반적인 각본이다. 그러나 그런 관습을 내동댕이쳐버리는 노래가 있다. 한국 가요 사상 가장 처절하고 절박한 청유형으로 시작되는 「물 좀 주소」가 그 노래다.

　이 노래에서는 목소리가 노래를 확 찢고 들어온다. 전주고 나발이고 없다. 아닌 밤중에 홍두깨다. 토요일 오후의 낮잠을 무자비하게 깨워버리는 택배 기사님의 초인종 소리 같다. 난데없는 이 목소리에 의해 노래는 시작되자마자 상처받는다. 경상도 억양을 숨기지 않는, 그래서 '물 좀 주소'가 아니라 '물 쫌 주쏘우'쯤으로 들리는 이 거친 목소리 자체가 일종의 신체 훼손이다. 음파는 도저히 참을 수 없다는 듯 건조한 성대를 찢고 나온다. 자해다. 스스로의 순결한 막을 단숨에 찢으며 노래는 시작된다.

　이 노래가 나온 1974년의 한국 사회는 한밤중에 퍼뜩 잠에서 깼다. 거두절미하고 물 달라고 외치는 한대수의 고통스러운 호소에 독재 권력도 대중도 한 대 얻어맞은 기분. 이 펀치는 도대체 어디서 날아왔나. 어리둥절. 한국 사회는 이 호소를, 이 목소리를 그리고 한대수를 받아들일 준비가 되어 있지 않았다.

　　물 좀 주소 물 좀 주소 목마르요 물 좀 주소

　한대수는 외친다. 목소리에서 피가 흐른다. 이 네 마디에 존재의 비밀이 숨어 있다. 4음절로 이루어진 단문이 네 개. 그 구조를 보면 세 개의 '물 좀 주소'가 한 개의 '목마르요'를 가두고 있다. '물 좀 주소'는 대화 요청이다. 발화자는 타인과의 공감을 원한다. 그러나 아무 대답이 없다. 거듭 청한다. 또 대답이 없다. 그래서 '목 마르요'가 나온다. '목마르요'는 자기 고백이다. 한대수 자신이다. 목이 타는 청년은 목마르다고 토로하기 싫었다. 참았다. 아무 대답이 없자 하는 수 없이 하는 고백이다. 절박한 자기소개다. 그리고 다시 청유한다. 물 좀 달라고. 그래도 대답은 없다. 한대수는 집시다. 사마리아 여인이다. 이방인이다. 목말라 죽겠다는 이방인에게 한국 사회는 물 한 사발 주지 않는다. 이방인은 이렇게 묘한 말을 던진다.

물은 사랑이요 나의 목을 간질며 놀리면서 밖에 보내네

이 대목이 흥미롭다. 어떤 해석도 가능하다. 모든 시가 그렇듯 비밀스러운 모호함의 베일이 언어를 감싸고 있다. 물은 사랑인데 나를 놀린다. 그러면서 나를 '밖에 보낸다'고 했다. 사랑인데 왜 나를 놀릴까? 목을 간질며, 라면 이미 물을 마신 건가? 그리고 왜 밖으로 보낼까? 이 '밖'은 어디일까?

그 '밖'에 열쇠가 있다. 한대수는 밖에서 물을 마신 적이 있다. 그 기억이 있다. 밖은 한대수가 가진 모든 것이자 터전이자 동시에 고통이다. 밖에서도 그는 밖이었다. 세 개의 '물 좀 주소'가 주류 한국 사회라면 한 개의 '목마르요'는 거기서 밖을 꿈꾸는 이방인 청년 한대수다. 한대수는 밖에 있었고 밖으로 내몰렸고 동시에 밖을 꿈꾸었다. 그의 또 다른 걸작 「행복의 나라로」는 '장막을 걷어라'로 시작한다. 역시 밖을 꿈꾼다. 이 대목을 '모성의 부재'로 해석할 수도 있다. 한대수의 무의식 밑바닥에 모성의 부재가 숨어 있다. 실제로 소년 한대수는 남한 사회의 질곡을 그대로 떠안은 운명을 감당해야 했다. 핵물리학자였던 아버지가 미국에서 실종됐다가 극적으로 다시 나타났는데, 자초지종에 대해 철저히 함구했다. 그의 실종에는 CIA가 개입되어 있는지도 모른다. 한대수는 미국으로 간다. 뉴욕에서 새로운 문화를 체험한다. 아버지는 갑자기 없어졌고 어머니는 떠났다. 할아버지가 한대수를 키웠다. 물은 생명의 근원이다. 어머니다. 한대수는 어머니가 그리웠다. 그러나 어머니는 없다. 미국에도 없다. 아버지도 있는데 없다. 없다가 다시 있다. 한대수는 물을 찾아 밖으로 떠돈다. 여행을 떠난다.

여행 도중에 처녀 만나본다면 난 살겠소 같이 살겠소

어머니는 처녀로 치환된다. 처녀는 사랑의 대상이자 물의 환생이다. 물은 모성이고 어머니다. 그러니 실은 어머니하고 살겠다는 뜻이다. 이런 사정을 더 자세히 말할 수는 없다. 그래서 3절은 그 냥 어린애의 투정 같은 '아아아'로 채워진다. 아이의 절규다. 그리 고 그다음, 이윽고 이 아이가 기다리는 것이 무엇인지 드러난다.

그 비만 온다면 나는 다시 일어나리 아 그러나 비는 안 오네

한대수가 기다리는 것은 전면적인 물, 비다. 온 세상을 적시는 자유의 냄새, 모든 이에게 내리는 사랑의 혜택, 홍수다. 전복의 물 이다. 그러나 상황은 좋지 않다. 비는 오지 않는다. 목소리가 노래 에 상처를 주고, 노래는 목소리를 더 아프게 한다. 이 상처의 순환 은 듣는 이에게로 넘어간다. 듣는 이도 아파한다. 참여한다. 노래 의 현장은 난장판이 되어버린다. 그러나 이것은 구걸이 아니다. 정 당한 요구이기 때문이다. 물은 누구의 소유도 아니다. 물은 하늘에 서 내려온다. 1969년에 박정희는 3선 개헌이라는 사기를 쳤고 결 국 그 사기는 폭력으로 변했다. 그게 1972년의 10월 유신이다. 거 짓과 기만의 시기다. 사람들이 물 달라고 외치면 정부는 사탕을 내밀었다.

잘살아보세, 잘살아보세, 우리도 한번 잘살아보세

「잘살아보세」

귀에 못이 박이도록 들은 이 노래는 물 달라는 사람들에게 독재 권력이 내놓은 사탕이었다. 김지하는 '타는 목마름으로' 남몰래 쓴다. 민주주의여 만세. 그리고 고문당한다. 아직도 이 목마름은 한국 사회를 전면적으로 지배하고 있다. 상위 10%가 국민 전체 소득의 45%를 차지하고 있는 남한은 아시아에서 부의 편중 1위인 나라다. 우리는 한대수와 똑같이 물 달라고 외쳐야 한다. 목마른 청년들이여, 어떻게 할 건가.

그것만이 내 세상

작사·곡 최성원 / **노래** 전인권

세상을 너무나 모른다고
나보고 그대는 얘기하지
조금은 걱정된 눈빛으로
조금은 미안한 웃음으로

그래 아마 난 세상을 모르나 봐
혼자 이렇게 먼 길을 떠났나 봐

하지만 후횐 없지
울며 웃던 모든 꿈
그것만이 내 세상

하지만 후횐 없어
찾아 헤맨 모든 꿈
그것만이 내 세상

그것만이 내 세상

세상을 너무나 모른다고
나 또한 너에게 애기하지
조금은 걱정된 눈빛으로
조금은 미안한 웃음으로

그래 아마 난 세상을 모르나 봐
혼자 그렇게 그 길에 남았나 봐

하지만 후회 없지
울며 웃던 모든 꿈
그것만이 내 세상

하지만 후회 없어
가꿔왔던 모든 꿈
그것만이 내 세상

그것만이 내 세상

세상에는 없는 내 세상
암흑의 시대와 '꿈'

C라는 선배가 있었다. 나와는 스쿨밴드를 함께 했었다. 그때 우리는 스쿨밴드를 드러내놓고 하지 못했다. 그럴 만한 시기가 아니었다. 그는 신문사 문화부 기자를 하다가 외환 위기 때 그만두고 지금은 미국에 가 있다. 그는 내가 속했던 문학 동아리의 선배이기도 했다. 그날은 이청준의 『당신들의 천국』을 읽고 와서 토론하는 날이었다. 토마스 만을 닮은 그 문체는 칭칭 감듯 어떤 성채의 건축을 향해 나아갔다. 이 속 깊은 소설을 대학교 1학년의 나는 어떻게 해석해야 할지 몰랐다. 다만 착잡했다. 학교 앞 카페에 모여 토론을 준비하고 있을 때 C 형이 나타났다. 들국화의 「그것만이 내

세상」이 흘러나오고 있었다. 그는 물컵을 바라보며 대뜸 이야기를 꺼냈다.

"왜 어떤 사람은 '당신들의 천국'이라고 말하고 어떤 사람은 '그것만이 내 세상'이라고 노래할까?"

이 질문은 번개처럼 내 뇌를 때렸다. 나는 순간 깨어났다. 이 말은 바로 나의 화두가 되었다. 책 속에 들어 있는 글자들과 공기를 떠다니는 소리를 연결한 그 발상 자체가 충격적이었다. 소설의 세계와 일상이 연결될 수 있다는 것이 놀라웠다. 이것이 비평이다. 내게는 코페르니쿠스적 전환의 순간이었다. 과연 그랬다. 그 10여 년 전, 이청준 작가는 '당신들의 천국'을 고발했고, 이제 우리는 '그것만이 내 세상'인 어떤 새로운 세상을 구축하려 한다. 나의 이런 흥분된 의아함을 아는지 모르는지 들국화의 노래는 담담하게 흐르다 끝이 났고 토론은 시작됐다. 그러나 C 형의 한마디로 이미 결론은 나 있었다. 1980년대 중반 어느 저녁의 스케치다. C 형, 어떻게 지내요.

최성원이 만들고 들국화 1집(1985)에 실려 한 시절을 풍미했던 「그것만이 내 세상」은 사실 『우리노래전시회』 1집(1984)에도 실려 있다. 이 앨범은 정말 엄청난 앨범이었다. 그러나 노래 자체로는 역시 들국화 1집 버전의 울림이 더 크다.

이 노래는 '그대'라고 불리는 어떤 이에게 1인칭 시점의 '나'라는 화자가 대답하는 형식으로 되어 있다. 그대와 나와의 일종의 논쟁으로도 볼 수 있다. 전체는 네 부분으로 나눠진다. 먼저 그대의 진술과 그대에 관한 묘사로 이루어진 첫 여덟 마디가 곡을 연다. 이 부분은 4도 메이저 세븐(BbM7) 코드를 사용해서 미묘하고 담담하며 감상적인 분위기를 자아낸다. 모호함과 불확실함이 이 여덟 마디를 지배한다. 그대가 누군지는 명확하지 않다. 그대는 나의 간접화법으로만 존재한다. 아마도 나를 아끼고 걱정해주는 사람인 모양이다. 그대는 여자 친구일 수도 있고 부모일 수도 있다. 어른일 수도 있고, 속칭 '꼰대'일 수도 있다. 기성세대를 대표하는 사람일 수도 있다. 이처럼 그대의 존재는 넓고 모호하지만, 확실한 건 나를 이해해주지 않는다는 것이다. 그대의 진술은 간단하다.

세상을 너무나 모른다고
나보고 그대는 얘기하지

그대는 나더러 '세상을 모른다'고 얘기한다. 세상은 꼭 알아야만 하는 것인가? 어른들은 투명한 눈빛의 아이에게 세상을 물들인다. 그래야 '걱정'이 사라진다. 역설적으로 아이는 걱정이 무엇인지 알게 된다. 아이에게 걱정을 전염시키고 나서야 어른은 안심한다. 그래서 그 안심에는 '미안함'이 들어 있다. 우리나라는 '세상을 너무나 잘 아는' 그들의 세상이 되어간다. 그들은 이권의 울타리 바깥에서 묵묵히 살아가는 사람들에게 왜 네가 사는 대한민국을 헬조선이라고 부르느냐고 다그친다.

첫 번째 여덟 마디는 말하는 대목이 아니라 '듣는 대목'이다. 노래하지만 담담하게 듣는다. 반면 두 번째 여덟 마디는 그대에 대한 나의 응답이다. 첫 여덟 마디가 무기력한 느낌이었다면 두 번째 여덟 마디는 결심한 듯 힘차다. 첫 파트의 미묘한 메이저 세븐 코드는 사라지고 단순명료한 4도 화성(Bb)이 갑작스러운 이야기의 반전을 표시한다. 그대가 걱정스럽게 이야기하는 것에 비해 나는 단호하게 대답한다. 나는 그대의 걱정을 받아들이지 않는다. 그대의 걱정을 뒤로하고 '혼자 먼 길을 떠난다'. 나는 그대의 세상을 거부한다. 이 대목은 그다음 세 번째 여덟 마디의 비장함을 준비하고 있다.

세 번째 여덟 마디에서 들국화의 전인권이 진가를 발휘한다. 리듬은 8비트에서 16비트로 바뀐다. 이전까지가 걷기였다면 슬슬 뜀박질이 시작된다. 세상을 떠난 주찬권 드러머가 그립다. 그는 머리를 흔들며 이 비장하고도 가벼운 행진을 이끌곤 했다. 그는 마치 태풍 속에서 방향타를 쥐고 있는 선장과도 같이 굳건했고, 그리듬의 지휘는 열정적이었다. 전인권은 머금고 있던 응어리를 토해낸다. 옥타브 위 근음으로 급격히 도약하며 선언한다.

하지만 후회 없어
찾아 헤맨 모든 꿈

이제 나는 나만의 세상에서 나만의 꿈을 향해 간다. 마지막 네
번째 파트. 무반주로 전인권의 목소리만이 불을 뿜듯 토해내는 이
한마디는 1980년대의 암흑 속에서 흔들리는 촛불처럼 불안한 희
망을 품고 원하는 세상을 위해 고난의 길을 갔던 모든 친구들과
더불어, 공포와 불안과 걱정과 비겁함의 아픔 속에서 술잔을 기울
였던 평범한 우리 모두가 결국 하나 되어 따라 불렀던, 아래 도(C)
에서 위 시플랫(B♭)까지 튀어 오르는 바로 그 한마디다.

그것만이 내 세상

여기서 일순 상징적으로 모든 '걱정'은 사라진다. 이것을 '역전'
이라고 부르자. 이 사라짐의 상태를 '몽홀(夢惚)의 상태'라고 부르
자. 노래의 어떤 순간만이 우리에게 전해주는 바로 그 세상, 세상
을 너무나 모르는 순진한 우리만의 세상, 세상을 아는 사람들이
범접할 수 없는 세상이다. 꿈만이 존재하는 세상, 그래서 그 '잘 아

는' 사람들에게 거꾸로 '너는 세상을 모른다'고 말할 수 있다.

그러나 들국화의 노래는 승리의 진술이 아니라 사실은 패배의 기록이었다. 「행진」은 '함께 가자'는 노래라기보다는 '갈 길이 막혀 있음'에 대한 노래로 들렸고 「그것만이 내 세상」은 '내 세상'의 온전함에 대한 노래가 아니라 '내 세상 안쪽의 상처'로 들렸다. 우리는 암울한 마음을 뒤로하고 울며 웃으며 막걸리에 온몸이 절어서 처절하게 이 가사를 따라 불렀다. 세상에는 없지만, 그것만이 내 세상이라고.

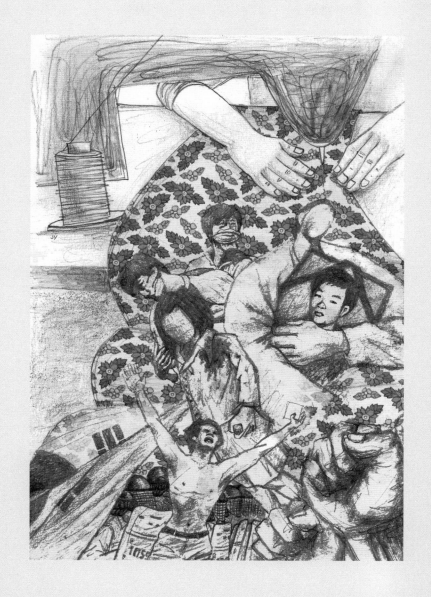

아침 이슬

작사·곡 김민기 / **노래** 김민기

긴 밤 지새우고 풀잎마다 맺힌
진주보다 더 고운 아침 이슬처럼
내 맘의 설움이 알알이 맺힐 때
아침 동산에 올라 작은 미소를 배운다

태양은 묘지 위에 붉게 떠오르고
한낮에 쩌는 더위는 나의 시련일지라
나 이제 가노라 저 거친 광야에
서러움 모두 버리고 나 이제 가노라

시간을 구부리는 노래
「아침 이슬」 깊이 읽기 1

김민기의 「아침 이슬」은 자정부터 다음 날 정오까지 열두 시간의 기록이다. '긴 밤'에서 시작해서 '아침 동산'을 지나 '한낮'에 이르는 시간이다. 한낮이 되자 노래 안의 화자는 '이제 가노라'라고 선언하고 떠난다. 그렇게 드라마는 종결된다. 이 점에서 「아침 이슬」은 고전적이다. 아리스토텔레스가 『시학』에서 언급한 '3일치의 법칙' 중에 '시간의 일치'를 연상시킨다. 시간의 일치란 극 중의 사건이 24시간 안에 펼쳐져야 한다는 규칙이다.

표면상 「아침 이슬」이 다루고 있는 시간은 직선적이다. 화자는 돌아오지 않고 가버린다. 직선적인 시간관을 채택했다는 점에서는 기독교적이라고도 할 수 있다. 어렸을 때 김민기는 교회에 다녔을까? 모르겠다. 그러나 이 노래로 미루어 보면 왠지 다녔을 것 같다. 사실 기독교에는 '회귀'라는 개념이 희박하다. 예수가 승천하고 종말을 기약하면서 성경의 드라마는 종결된다.

「아침 이슬」은 또한 3일치 중에서 '장소의 일치'라는 법칙도 따르고 있다. 모든 사건이 한 장소에서 벌어져야 한다는 원칙이다. 「아침 이슬」에서는 모든 일이 '동산' 주변에서 일어난다. 화자는 긴 밤을 지새우고 묘지가 있는 아침 동산에 오른다. 한낮이 되어 '광야'로 떠날 때까지, 동산은 이 서사가 펼쳐지는 주무대다. 광야는 '가노라'라고 미래형으로만 언급되어 사건에 직접 등장하지 않는다. 광야는 미래에 펼쳐질 공간으로 예상될 뿐이다. 이처럼 동산과 광야가 등장하는 공간적 설정도 어떤 면에서는 기독교적이다. 예수는 광야에서 40일간을 고행했고 겟세마네 동산에서 '내 뜻대로 하지 마시고 당신 뜻대로 하소서'라고 했다.

고전극의 3일치 가운데 가장 중요한 것은 '행위의 일치'인데, 이것은 극 중의 행동이 하나의 중심 이야기를 쫓아가야 한다는 법칙이다. 「아침 이슬」은 이 원칙도 잘 지키고 있다. 화자가 긴 밤을 지새우고 새벽을 맞이하여 아침 동산에 올라 아침 이슬의 탄생을 목격한 다음 그 의미를 깨닫고 광야로 떠날 결심을 한다. 화자의 이 행동 이외의 플롯이 이야기를 흐트러뜨리지 않는다. 그런 점에서도 「아침 이슬」의 구성은 매우 침착하고 고전적이다.

또 다른 서양 고전극의 원칙 중에 '인 메디아스 레스(In Medias Res)'가 있다. 우리말로 하면 '사물 한가운데로'라는 뜻이다. 이 유명한 구절은 로마의 시인 호라티우스가 쓴 『시학』에 나오는 표현이다. 바로 드라마를 사건 한가운데서 시작하라는 것이다. 구구절절 경위를 따지거나 드라마의 성립을 설명하지 말고 바로 사건으로 들어가라는 제안이다. 물론 요즘에는 모든 것이 만드는 사람 맘이지만, 이 원칙은 오늘날까지도 유효하다. 이야기를 흥미롭게 시작하려다 보면 저절로 따르게 되는 것은, 이 원칙이 관객을 극에 몰입시키는 데 매우 효과적이기 때문이다.

「아침 이슬」 역시 이 원칙을 따르고 있다. '긴 밤 지새우고'로 시작한 다음 바로 '풀잎마다 맺힌'으로 넘어간다. 그냥 밤도 아니고 '긴' 밤을 훌쩍 건너뛴다. 그 긴 밤을 잠도 안 자고 '지새우고' 화자는 바로 새벽이라는 시간에 도착해 있다. 호라티우스가 이 노래를 들었으면 좋아했을 것이다. '인 메디아스 레스'가 바로 이런 것이니까. 밤에 무슨 일이 있었나? 일일이 설명하다 보면 새벽은 벌써 지나가고 만다. 중요한 순간을 놓치게 되는 거다.

밤은 길고 새벽은 짧다. 그러나 「아침 이슬」에서는 반대다. 긴 밤은 짧고 새벽은 길다. 김민기는 거리낌 없이 밤을 요약해서 불과 두 마디 안에 넣어버린다. 밤을 초고속으로 묘사해서 두 마디에 넣어버리고, 이슬이 맺힌 장면은 여섯 마디나 지속된다. 노래 초반의 여덟 마디를 보면 두 마디가 '긴 밤'이고 여섯 마디는 이슬이 맺히는 바로 그 순간, '새벽'이다. 긴 시간은 요약해서 괄호에 집어넣고, 반대로 짧은 시간은 슬로비디오처럼 늘려서 자세히 들여다본다. 이게 이 노래의 묘미다. 눈물은 줄줄 흐르고 이슬은 맺힌다. 설움은 길고 기쁨은 짧다. 면벽은 한이 없고 득도의 순간은 찰나다. 화자는 밤새 울었을 수도 있다. 그러나 어느덧 새벽이 오고 눈물은 잦아든다. 아니, 잦아들지 않고 맺힌다. 맺혀 이슬이 된다. 그 이슬이 맺히는 새벽의 시간은 '찰나'에 지나지 않지만, 긴 시간이 압축된 '결정체'다. 오랜 '설움'이 응축되어 영롱한 보석이 된다.

「아침 이슬」은 바로 그 신비스러운 시간, 너무 짧지만 황홀한 시간, 화려한 한때, 이슬이 탄생하는 시간, 절정의 시간, 한순간에 지나지 않는 사랑의 시간을 오래 붙들기 위해 만든 노래다. 어느 노래든, 노래는 그 시간을 붙든다. 긴 시간은 흘려보내고 짧은 시간은 미시적으로 기록한다. 노래의 3분은 귓전을 스치는 바람 같은 행복이 왔다가 지나가는 그 찰나의 리얼리즘적 3분이다. 「아침 이슬」의 화자는 실제로 이슬이 맺히는 그 장면을 본다. 봤다. 긴 밤을 지새웠기 때문에 그 기쁨이 값지다. 자, 여기 봐요! 이슬이 '풀잎마다' 맺혀 있어요! '진주'보다 더 고와요! 「아침 이슬」의 젊은 화자는 그 소식을 사람들에게 전한다. 메신저다. 모든 노래꾼은 메신저다. 성경에 나오는 바오로다. 바오로는 말한다. "우리는 여러분에게 이 기쁜 소식을 전합니다."(사도행전 13장 32절)

　「아침 이슬」에는 간단하게 시간을 압축하고 뛰어넘는 호방함이 있다. 이런 일은 득도한 노승이나 술 취한 시인 아니면 범 무서운 줄 모르는 애들이나 할 수 있다. 세상을 알고 이치에 순응하는 '중견'들은 시간을 뛰어넘을 수 없다. 중견은 무겁다. 그러나 시인은 가볍다. 시간을 구부린다. 자유자재. 게다가 화자는 새벽에 잠을 깨기 위해 일찍 잠든 생활인도 아니다. 그렇게 일찍 잠들면 긴 밤에 무슨 일이 일어났는지 모른다. 화자는 긴 밤을 뜬눈으로 기다린다. 젊은 체력만이 그것을 가능하게 한다. 그래서 「아침 이슬」은 영원히 젊다. 광야로 떠나는 화자의 용기 때문이 아니라, 축지법처럼 시간을 뛰어넘는 그 기록 방식 때문이다. 사실 이 노래는 김민기가 새파랗던 시절에 쓴 노래다. 그러니 노래 역시 자기도 모르게 새파랗다.

불꽃과 물꽃은 하나다
「아침 이슬」 깊이 읽기 2

「아침 이슬」의 시간이 '표면적으로' 직선적이라고 했다. 그래서 기독교적이라고도 했다. 그렇다. 「아침 이슬」에서 밤은 표면적으로는 반복되지 않는다. 밤은 길지만 새벽이 오고 아침으로 이어져 결국 한낮에 이른다. 그런데 반전이 있다.

'작은 미소'로 상징되는 정다운 연대, 소박한 일상적 나눔으로 「아침 이슬」의 1부가 끝난다. 만일 「아침 이슬」의 드라마가 작은 미소의 낙천성에 안주하면서 끝났다면 싱거웠을 것이다. 작은 미소의 성취로 1부가 완성되고 갈등이 드러나는 2부가 시작된다. '긴 밤 지새우는' 동안 겪었던 시련을 한낮에 다시 만나게 되는

2부에서 「아침 이슬」의 드라마는 엄청난 긴박감을 내뿜는다.

　밤의 '설움'이 아침 이슬로 맺혔으나 그 잠깐의 황홀은 지나간다. 아침 이슬의 서늘하고 영롱한 빛은 작은 미소에 도달하지만, 이슬이 확장된 거대한 결정체, '태양'이라는 빛의 블랙홀을 만난다. 이 대목에서 '물'은 '불'에 직면하게 된다. 매우 극적이고 흥미롭다. 물의 작은 미소가 불의 묘지인 태양이 된다. 태양은 '찌는 더위'를 야기하고 밤의 시련은 다시 찾아온다. 태양이 붉게 타오르면서 '동산'은 '묘지'가 된다. 초현실주의 영화처럼, 화자는 어느덧 묘지를 걷는다. 「아침 이슬」에서 태양은 생명의 원천인 빛과 에너지라는 이미지가 아니라 수직으로 찍어 누르는 신, 아버지다. 1970년대는 그런 시대였다. 태양-부성이 작은 미소를 지닌 아침 이슬을 증발시키려던 시대.

　화자는 태양을, 아버지를 거부한다. 말라비틀어지지 않으려면 그래야 했다. 「아침 이슬」에는 이처럼 상징적이고 은밀하게, 서정적 표면의 이면에 부친 살해의 욕망을 숨겨놓고 있다. 화자는 아버지의 밝은 세계, 공식적인 세계를 거부하고 '광야'로 간다. 광야는 '거칠다'. '한낮'인데 '긴 밤'과 동일하다. 아버지가 채찍질하는 시간, 정오에 이르러 다시 밤이 찾아온다. 그래서 광야다. 일제 시대가 긴 밤의 시대였다면 유신 시대는 한낮의 시대다. '정오라는 밤'의 시대다. 랭보의 시에 나오듯 '깨어보니 정오였다'. 정오는 이

성과 논리의 억압이다. 장발 단속이다. 그렇다면 이 싸움은 아침과 정오의 싸움이 된다. 이 대결이 「아침 이슬」의 클라이맥스를 만들어낸다.

「아침 이슬」은 이슬이 맺히고 다시 증발하는 '골든타임'을 노래로 그려내고 있다. 아이들은 물의 벽에 갇혀 이슬이 되었고 한낮이 되어 사라졌다. 두꺼운 철판 속에서 얼마나 긴 밤이 지나갔을까. 긴 밤은 오래전에 시작되었다. 아주 오래전에.

지난 토요일*에는 서울에서만 150만 명이 모였다. 이번 토요일에는 또 얼마나 많은 사람들이 '즉각 퇴진'의 뜻을 모르는 어리석은 기득권자들을 가르치기 위해 모일까. 미국에서는 트럼프라는 괴물이 대통령에 당선됐다. 미국의 소수자들은 얼마나 더 두려움에 떨어야 할까. 총을 함부로 가지고 다니는 것을 '미국적 전통'이자 '헌법에 명시된 권리'라고 떠드는 백인 대통령을 백인들이 똘똘 뭉쳐 지지했다. KKK의 습격을 두려워했던 그 무시무시한 밤들. 그보다 더한 밤들이 미국의 소수자들을 기다리고 있을 것이다. 밥 딜런은 「바람에 실려서(Blowin' in the Wind)」에서 '얼마나 더 많이 날아야 포탄은 영원히 금지될까?'라고 노래했다.

밤이 참 길다. 물이 불과 맞서는 이 싸움은 고통스럽다. 「아침

---

* 2016년 11월 26일.

이슬」은 '밤의 순환'을 노래한다. 「아침 이슬」은 표면적으로 제시한 직선적 시간관과는 다른 순환적 시간의 흐름이 물밑에 숨어 있음을 알려준다. 그것이 밤의 순환이다. 표면의 파도는 가는데 바다밑 조류는 돌아온다. 그 조류가 사람을 익사시킨다. 철학자 모리스 메를로퐁티는 '밤은 윤곽선이 없다'고 했다. 밤의 지속이다.

「아침 이슬」의 멜로디는 밤의 동산을 오르는 힘들고도 완만한 경사를 따라간다. 처음에 4도(파) 음에서 시작한 노래는 6도(라)가 되었다가 다시 2도(레)로 내려간다. 한국적인 산을 오르는 발걸음과 비슷하다. 멜로디의 걸음은 오르락내리락하며 '태양은'에서 6도로 상승하더니 '더위'에서 8도(높은 도)가 된다. 노래의 산꼭대기는 '서러움'이다. 이 노래에서 가장 높은 10도(높은 미)의 음에 도달한다.

이 노래에서 음높이의 갑작스러운 도약은 없다. 상승은 더디고 힘겹다. 높은 곳에서 다시 마음을 추스르며 '광야'로 나아가야 한다. 광야는 광장이다. 광장에서 「아침 이슬」의 노래가 들려온다. 지난 주말, 150만 촛불 앞에서 양희은이 부르는 「아침 이슬」을 들었다. 순간 자리에서 일어날 뻔했다. 30년 전 대학에 입학했을 때 시장 안에 있는 철판 순댓집에서 신입생 환영회를 했다. 마지막 노래는 「아침 이슬」이었고 모두 일어섰다. 그게 함께 불러본 첫 「아침 이슬」이었다. 그 후로도 「아침 이슬」만 나오면 일어섰다.

「아침 이슬」은 늘 끝 노래였으므로. 「아침 이슬」을 들으면 일어나고 싶은 것은 우리 세대만의 습관일까. 「아침 이슬」은 우리를 광장-광야로 이끈다.

물과 불이 대결하는 광야에서의 싸움, 이 정오의 결투에서 승자는 과연 누구일까. 음양오행으로 치자면 '수극화(水剋火)', 상극인 물과 불의 싸움에서는 물이 이긴다. '아침 이슬'이 승리한다. 민주주의란 무엇인가. 태양을 나눠 갖는 일이다. 저 하늘의 태양이 혼자 빛을 가져선 안 된다. 태양은 시민 각자가 나눠 가진 작은 불의 거울이어야 한다. 광장에서, 우리는 그렇게 불을 나눠 가진 다른 사람들을 본다. 촛불은 모두로부터 타오른다. 서러움 모두 버리고 갈 때까지, 우리는 얼마나 더 우리 자신을 태워야 하나. 광야는 촛불의 바다 위에 지속된다. 그러나 사람들이여, 태양을 나눠 가질 때 불은 꽃이 된다. 이 작은 촛불은 하나의 예쁜 꽃이다. 그래서 우리는 불의 '꽃', 불꽃이라고 말한다. 프랑스의 몽상가 가스통 바슐라르는 그의 마지막 책 『초의 불꽃』에서 촛불과 꽃을 등치시키며 이렇게 쓴다.

그렇게, 서로서로, 불은 꽃을 피우고 꽃은 불을 밝힌다.

꽃이 되면서 불은 물과 하나가 된다. 아침 이슬은 물의 꽃, 물꽃이다. 이슬이 맺힌 촉촉한 꽃, 불꽃과 물꽃은 하나다. 작은 소망을 담아 이번 주말에도 온 국민이 광장-광야로 모인다. 모여서 불의 꽃을 피운다.

사계

작사·곡 문승현 / **노래** 노래를 찾는 사람들

빨간 꽃 노란 꽃 꽃밭 가득 피어도
하얀 나비 꽃 나비 담장 위에 날아도
따스한 봄바람이 불고 또 불어도
미싱은 잘도 도네 돌아가네

흰 구름 솜구름 탐스러운 애기구름
짧은 샤쓰 짧은 치마 뜨거운 여름
소금땀 비지땀 흐르고 또 흘러도
미싱은 잘도 도네 돌아가네

저 하늘엔 별들이 밤새 빛나고

찬바람 소슬바람 산 너머 부는 바람
간밤에 편지 한 장 적어 실어 보내고
낙엽은 떨어지고 쌓이고 또 쌓여도
미싱은 잘도 도네 돌아가네

흰 눈이 온 세상에 소복소복 쌓이면
하얀 공장 하얀 불빛 새하얀 얼굴들

우리네 청춘이 저물고 저물도록
미싱은 잘도 도네 돌아가네

공장엔 작업등이 밤새 비추고

빨간 꽃 노란 꽃 꽃밭 가득 피어도
하얀 나비 꽃 나비 담장 위에 날아도
따스한 봄바람이 불고 또 불어도
미싱은 잘도 도네 돌아가네

미싱은 잘도 도네 돌아가네
미싱은 잘도 도네 돌아가네

노래는 미싱이다
「사계」와 '기계의 오작동'

법이란 무엇이냐. 권력의 기계다. 권력의 미싱이다. 법은 돌아간
다. 잘 돌기 위해 두드리고, 때려 박고, 집어 처넣는다. 드르르르.
미싱은 잘도 박는다. 법이라는 기계는 폭력적이다. 강제한다. 굳건
하다. 법은 멍청이다. 멍청한 척한다. 법은 어떤 상태의 선언, 공정
하기 위해 눈을 가린다. 법은 착한 척한다. 권력은 독점된다. 따라
서 법도 독점된다. 법은 불공평하다. 불공평을 드러내지 않기 위해
묵비권을 행사한다. 법의 묵묵함은 진실하지 못하다. 법은 말이 없
다. 미싱은 말이 없다.

미싱은 돌아가는/돌리는 기계다. 미싱에는 감정이 없다. '저 하늘엔 별들이 밤새 빛나'도 미싱은 별을 보지 않고, 공장에는 다만 '작업등이 밤새' 켜져 있다. 노동의 시간 동안 감정은 최대한 억압된다. 미싱은 부속으로 이루어져 있다. 작업등에 비친 미싱은 매끈한 허리를 지니고 있다. 때로 미싱도 사람 같아 보인다. 미싱은 말 없는 노동자들과 같다. 영양과 수면 부족으로 누렇게 뜬 여공들의 피부와 잔업과 야근에 시달려 허깨비처럼 보이는 표정과 미싱의 표면을 타고 흐르는 형광등 불빛은 잘 어울린다. 사람은 공장의 부속이자 미싱의 대화자다. 동시에 미싱에 의해 다뤄지는 천 쪼가리들이다. 법은 사람을 꿰매고 덧대고 자르고 모양낸다. 미싱이 돌아가는 시간만큼 자본가는 이윤을 남긴다. 그래서 죽도록 돌린다. 공장에서 죽도록 돌아가는 건 미싱과 사람이고, 그로 인해 죽도록 태어나는 것은 제품들이다. 고장 난 미싱은 폐기 처분되고 쓸모없는 사람은 퇴직 처리되며 불량한 제품은 반품된다. 미싱과 사람과 제품이 같은 위상의 존재가 된다.

미싱은 시간적이다. 미싱은 보편적 현재, '지금의 타임라인'에 동기화된다. 그것은 '과거' 또는 '미래'를 지배하지 않는다. 오직 '현재'만을 지배할 뿐이다. 미싱은 묻지 않는다. 과거에 너는 누구

였니, 따위는 미싱의 관심사가 아니다. 미래에 너는 뭐 하는 사람이 되고 싶어. 역시. 여공들은 이런 질문을 삭제당한 채 청춘을 희생한다.

불법이란 무엇인가. 그것은 '반-기계'인가? 한때 반-기계로서의 불법을 꿈꾸던 사람들이 있었다. 당시의 '합법'은 야만이었다. 그때 법은 불법적 억압의 다른 이름이었다. 1987년 6월 10일, 청년들은 길로 쏟아져 나왔다. 불법이었다. 도로교통법 위반. 그날 명동에서 저녁 6시에 울려 퍼졌던 자동차의 경적 소리가 아직도 귓가에 쟁쟁하다. 그 소리는 1980년대에 존재하던 모든 노래의 총합이었다. 불법이었다. 모든 정당한 것들은 불법이었고 그것을 억압하는 전두환 독재 정권의 기계만이 합법이었다. 그래서 외쳤다. '호헌 철폐, 독재 타도.' 그 합법을 철폐해야만 했다. 그것이 불법의 당위성이었다.

청년들은 법을 우습게 여겼다. 우리가 듣던 노래들도 거의 불법이었다. 팝송의 명곡들은 금지곡으로 지정됐고 그것들은 불법 복제된 해적판으로 들었다. 김민기의 「아침 이슬」도 소리가 가늘어진 불법 복제 카세트테이프로 떠돌았다. 그때 노래를 찾아다닌 청년들이 있었다. 노래가 절대적으로 필요했다. 그래서 노래를 찾아다녔다. 노래가 있는데 노래는 없었다. 노래를 찾을 수밖에 없었다. '찾는다'는 행위는 지금의 '검색'과는 전혀 다른 일이었다. 그것은 합법의 억압 바깥에 존재하는 불법의 생산이었다. 그러다가 노래를 찾는 사람들 1집이 발매되었다. 1984년의 일이었다. 학원 자율화 조처의 일환이었다. 합법의 가시밭 속에 심어놓은 사탕발림이었다. 노래를 찾는 사람들 1집은 최초로 합법 발매된 민중가요로 기록된다. 그러나 혹독한 검열을 통과해야 했다. 그래서 더 서정적이었다.

「사계」는 노래를 찾는 사람들 2집(1989)에 실려 있다. 민주화 이후의 일이었다. 「사계」는 이 앨범에서 가장 민중가요 같지 않은 노래였다. 이미 '민중가요 같음'이 존재했다는 소리다. 사계는 미싱의 세계를 노래하는 미싱이다. 미싱 바늘의 업 다운, 그렇게 두 움직임이 모든 걸 생산해내듯, 「사계」는 단순한 2박자의 리듬으로 미싱의 세계를 표현한다. 가사에 묘사된 계절의 내용들은 천에 수놓아진 프린트의 장면들과도 겹친다.

> 흰 구름 솜구름 탐스러운 애기구름
> 짧은 샤쓰 짧은 치마 뜨거운 여름

계절은 하늘에다 프린트하고, 여공들은 옷감에다 프린트한다. 미싱의 작동에 의해 수놓아진 공장의 아픔, 노동의 아름다움, 그것이 「사계」라는 미싱의 스크린에 수놓아진다.

물질로 이루어진 세계는 끊임없이 유동하고 작용한다. 계절은 미싱이다. 계절은 고장 나지 않는다. 계절은 순환하며 동시에 어긋난다. 계절의 노래에는 후렴구가 있고 계절만의 솔로가 있다. 계절의 움직임은 나선형 같아 보이기도 한다. 그러나 그 어긋남의 방향을 알 수는 없다. 우발성과 임의성은 우주라는 기계의 작동 방식이다. 오직 물질만이 생활을 규정하는 그 도저한 흐름을 책임진다.

노래는 미싱이다. 노래는 전체로서의 떨림을 되새기고 호흡하는 소리의 실천이다. 이것을 깨달을 때 유물론의 핵심에 다가가게 된다. 「사계」를 미싱이라는 규정적 권력 장치와 그것으로 인해 비인간화되는 인간 사이의 대립으로 읽을 수도 있지만, 크게 보면 그 어떤 생활의 매듭도 포용하며 흐르는 시간-미싱을 노래한 것으로도 읽을 수 있다.

오늘날 우리는 깨닫는다. 반-기계는 없다. 시간이라는 미싱을 벗어나는 일은 관념 속에서만 가능하고, 그것조차 어떤 욕망의 기계다. 반-기계의 꿈이 권력 장치가 되어 다시 억압으로 작동할 수도 있음을 80년대 세대는 경험했다. 요즘 젊은이들에게는 '민주화'가 그 반-기계적 억압 장치를 가리키는 개념이 되기도 한다. 사실 예술이 꿈꿔야 하는 것은 반-기계가 아니라 그 기계의 오작동이다. 오직 시(詩)만이 그 오작동을 가능하게 한다. 다시 한번, 노래는 미싱이다. 노래라는 미싱을 오작동의 기계로 재영토화하는 것, 그것이 지금의 노래꾼들이 찾아야 할 노래다. 불법도 법이다.
따라서 권력의 다른 기계다. 그렇다면 진정한 불법이란 무엇이냐.
그것은 기계라는 신체의 오작동이다.

애국가

작사 미상 / **작곡** 안익태

동해물과 백두산이 마르고 닳도록
하느님이 보우하사 우리나라 만세

남산 위에 저 소나무 철갑을 두른 듯
바람서리 불변함은 우리 기상일세

가을 하늘 공활한데 높고 구름 없이
밝은 달은 우리 가슴 일편단심일세

이 기상과 이 맘으로 충성을 다하여
괴로우나 즐거우나 나라 사랑하세

(후렴) 무궁화 삼천리 화려 강산
대한 사람 대한으로 길이 보전하세

애국가, 내가 본 최초의 뮤비
어딘지 불편하게 다가온 '건전 가요'

내가 본 최초의 뮤직비디오는 「애국가」의 영상이다. 텔레비전 오전 방송도 없던 1970년대에 나는 초등학교에 다니는 꼬맹이였다. 방송이 시작하는 오후 시간을 동생들과 함께 눈이 빠지도록 기다리다가 「애국가」 뮤비부터 감상하는 것이 우리 세대 아이들의 일과였다. 그 이후에 펼쳐질 환상의 세계에 빠지기 이전에 우리는 엎드려뻗쳐 하는 기분으로 「애국가」의 영상을 보곤 했다. 그것은 꼭 거쳐야 하는 순서였다. 쉬어 자세 앞에 반드시 차려 자세가 선행돼야 하는 것처럼.

프로그램 개편 때마다 「애국가」 화면도 조금씩 바뀌었던 것 같긴 하지만 어떤 시즌의 「애국가」 뮤비든 대개 비슷했다. 지금까지도 유지되는 그 전형성은 아마 가사의 내용에 기반하고 있는 듯하다. '동해물과 백두산'으로 시작해서 그런지 바다와 산은 반드시 등장한다. 이글이글 타오르는 태양이 바다 저편에 떠오르는 황홀한 장면도, 파도가 검은 바위를 때리는 다이내믹한 장면도 매일 보다 보면 지루했다. 어느 시즌의 「애국가」 뮤비는 차전놀이에서 두 진영이 맞붙는 장면이 '대한 사람 대한으로'의 절정 부분에 등장하는 심벌 소리와 동기화되었다. 유신 말기로 갈수록 매스게임 장면 같은 것들이 자주 등장했다.

「애국가」 뮤직비디오만 보면 대한민국 국민은 모두 다 한마음 한뜻인 것 같지만 실은 어린 마음에도 어딘지 불편하게 다가왔다. 거짓말 같았기 때문이었다. 물 위를 달리다가 비상하는 새 떼들이 슬로비디오로 날아오르는 장면이 등장할 때는 약간 슬프기도 했다. 희망을 품기보다는 아직 우리는 날지 못한 국민이라는 사실을 역설적으로 일깨워주었다. 그렇다고 아주 기분이 나쁜 것만도 아니었다. 마음 한구석에 존재하는 뭉클함이 없지 않았다. 그렇지만 역시 「애국가」의 뮤직비디오는 지겨웠다. 한마디로 교련 시간처럼 지긋지긋했다. 왜냐하면 그것이 강요되었기 때문이다. 그것은 일종의 '건전 가요'였다. 가장 불건전한 의도로 만들어진 건전 가요. 무슨 장르의 음반이든 상관없이 반드시 한 곡씩 실어야 하는 건전 가요. 음반을 망치는 건 전 가요가 진짜 혐오스러웠다.

이제는 고전이 된 황지우 시인의 「새들도 세상을 뜨는구나」는 최초의 뮤직비디오 평론으로 기록될 만하다. 그는 우리보다 한 세대 위다. 그래서 「애국가」 뮤비를 안방 텔레비전보다는 극장에서 접했을 것이다. 물론 우리 세대도 극장에서 「애국가」 영상을 보긴 봤다. 고등학교 때 학교 땡땡이치고 동네 삼류 극장에 들어가서 두 편 연속으로 에로 영화를 보던 1980년대 초에도 「애국가」 뮤비는 반드시 봐야 했다. 극장에서 보는 「애국가」는 참담했다. 그 어떤 영상보다도 압도적으로 자주 상영돼서 그런지 화면은 문자 그대로 '그런지'했다. 억수같이 내리는 비가 다른 모든 국뽕 장면들을 압도했다.

황지우는 어느 날 '흐린 주점에 앉아 있'기 전 환한 대낮의 빛을 피해 어두운 극장으로 스며들었을 것이다. 그리고 아무 영화라도 보려고 했을 것이다. 그러다가 영화 이전에 「애국가」의 뮤직비디오를 보게 된 것이겠지.

영화가 시작하기 전에 우리는
일제히 일어나 애국가를 경청한다
삼천리 화려 강산의
을숙도에서 일정한 군(群)을 이루며

갈대 숲을 이룩하는 흰 새 떼들이
(…)
이 세상 밖 어디론가 날아간다
우리도 우리들끼리
낄낄대면서
(…)
이 세상 밖 어디론가 날아갔으면
하는데 대한 사람 대한으로
길이 보전하세로
각각 자기 자리에 앉는다
주저앉는다

(황지우, 「새들도 세상을 뜨는구나」, 문학과지성사, 1983)

　새들처럼 세상을 뜨지 못하고 주저앉고야 마는 우리들은 여전히 이 나라 대한민국에 퍼질러 앉아 있다. 약은 사람들은 있는 대로 다 해먹고 떠날 사람은 다 떠났다.

　며칠 전 서울 변두리 길거리에서 비둘기 하나가 날아가질 못하고 버스 정류장 근처에서 비척대는 것을 봤다. 불쌍했지만, 순간 약간 겁에 질려 한 걸음 물러서는데 어떤 할머니 한 분이 다가오더니 '얘야, 너 어디 아픈 게로구나' 하고 자꾸 더러운 비둘기에게 손길을 주려 하셨다. 나는 순간 짧게 외치고 말았다. '안 돼요. 할머니, 큰일 나요.' 사람들은 모두 물러섰고 할머니는 영문을 모르겠다는 듯한 표정이었다. 그 할머니는 혹시 보살님이셨을까. 막달라 마리아였을까.

아픈 새들 수천만 마리가 산 채로 땅에 묻히는 시대다. 새들은 세상을 뜰 자유의 날개를 가졌지만 사육장의 오리는 그 날개를 한번 써보지도 못하고 흙에 갇힌다. 새들도 땅에 묻히는구나.

「애국가」는 알다시피 안익태의 작품이다. 그의 「한국환상곡」에 나오는 선율을 가사에 붙였다. 가사가 먼저고 선율이 나중이다. 「애국가」의 선율은 우리가 자랑할 만하다. 잘 만든 국가의 하나라 할 수 있다. 작사는 미상이다. 윤치호가 만들었다는 설이 유력하지만, 누가 만들었는지는 정확히 모른다. 나라 잃은 한을 품은 어떤 선구자가 나중에 국권을 회복했으면 하는 염원을 담아서 만들었으리라. 그것만은 확실하다. 가장 어려운 때 만든 나라 사랑의 노래다.

한국학중앙연구원이 발간한 『한국민족문화대백과』를 보면 '애국가'의 정의는 '나라를 사랑하는 정신을 일깨워주기 위한 노래'라고 되어 있다. '괴로우나 즐거우나 나라 사랑하세'라는 가사처럼, 우리는 어떤 경우에라도 나라를 사랑해야 한다. 사랑하면 책임져야 할 텐데 그 누구도 책임지려 하지 않는다. 나라 사랑의 근저에 뭐가 있을까? 잘살아보세? 그런 것들 말고 더 중요한 것이 있을 법하다.

얼마 전 베토벤의 교향곡「합창」을 제대로 들을 기회가 있었다. 전 악장의 연주였다. 역시 합창대가 부르는「환희의 송가」가 압권이었다. 이런 가사였다.

만인이여 서로 껴안아라
세계의 입맞춤을 받아라
(…)
모든 인간은 형제가 되노라

그 어떤 고통 속에서도 베토벤이 잃지 않고 있던 마음이 있었다. 그것은 휴머니즘, 인류애였다. 인간의 사랑에 대한 믿음이었다. 그것이 그를 위대하게 한다.「환희의 송가」를 듣는 내 눈에서는 눈물이 흘렀다.

안녕하세요

작사·곡 강기영 / **노래** 삐삐밴드

식사하셨어요 별일 없으시죠
괜찮으세요 수고가 많아요
우리 강아지는 멍멍멍
옆집 강아지도 멍멍멍
안녕하세요 오오
잘 가세요 오오

좋은 꿈 꾸셔요 좋은 아침이죠
내일 또 봅시다 동방예의지국
지금 사람들은 1995년
옛날 사람들은 1945년
안녕하세요 오오
잘 가세요 오오

좋은 꿈 꾸었니 좋은 아침이야
내일 또 보자 니가 보고 싶어
나는 누군가가 정말 필요해
내일 우리 같이 여행을 떠나볼까
안녕하세요 오오
잘 가세요 오오
안녕

옛날을 겨냥한 인디폭탄

최초의 인사말 아카이빙

달파란(강기영, 베이스), 박현준(기타), 이윤정(보컬), 이렇게 세 사람이 결성한 삐삐밴드는 1990년대 인디 열풍의 뇌관이었다.

곡의 가사를 쓴 달파란은 늘 그렇듯 한발 앞서 폭발했다. 그는 인디 열풍이 불기 직전에 먼저 분 바람, 삐삐밴드라는 전조 현상을 이끌었다. 그러나 현상이 현상으로 존재하기 시작하면 그는 이미 다른 곳으로 가 있었다. 인디가 현실이 되었을 때 달파란은 베이스를 잡는 대신 LP를 돌리고 샘플러와 신시사이저를 만지는 전자음악가/DJ로 변신했다.

박현준은 또 달랐다. 그의 모던한 기타 연주는 이전 밴드 H2O

에서 빛을 발했다. 핵심은 미니멀하고 단순한 접근에 있었다. 그에게는 특유의 적절한 귀차니즘이 있었다. 그 이상은 필요 없다는 듯 후려젖히는 기타 커팅에 정말 그 이상은 없었다. 박현준은 어떤 망가짐을 보여줬다. 그 망가짐은 역설적으로 신사적이었다. 격을 갖춘 후에야 나타날 수 있는 퇴폐였다. 그래서 박현준은 90년대에 일종의 댄디즘을 보여줄 수 있었다.

이 두 남자에 이윤정이라는 화약이 더해졌다. 이 결합은 순전히 우연이었다. 두 남자가 자주 가던 압구정동의 어느 바에서 이윤정은 머리를 빡빡 민 알바생이었다고 들었다. 그들은 바에 앉아서 이윤정이 노는 모습을 보았겠지. 그리고 얼마 후 이 셋은 밴드를 결성하게 된다. 이윤정은 언제 터질지 모르는 귀여운 폭발물 같았다. 목소리가 또르르, 구르는 사이, 그 큰 눈동자도 데구르르, 구른다. 그러나 호락호락하지 않았다. 귀엽다고 접근하면 바로 터지는 식.

「안녕하세요」는 삐삐밴드의 데뷔 앨범 『문화혁명』의 타이틀곡이었다.

식사하셨어요 별일 없으시죠
괜찮으세요 수고가 많아요

이 가사는 한국적 미니멀리즘의 시작 지점을 보여준다. 그런 면에서 역사적이고 기념비적이다. 사실 훈련된 전문 작사가라면 이 가사를 앞에 놓고 큰 고민에 빠질 것이다. 이게 가사가 될 수 있나? 인사말 연습인가? 사람 무시하는 건가? 더 깊은 이야기는 하기 싫다는 건가? 우리는 서로 모르는 사이라는 건가? 그렇다고 버릇없지도 않다. 인사를 잘하는 젊은이들이었다. 그러나 노래 가사의 차원에서는 왠지 버릇없다. 그 이전까지 한국 가요사에서 이보다 더 간단한 가사를 만나볼 수는 없었다. 시적인 서정성과 소설적인 서사 구조가 일단은 배제되어 있다. 유래를 찾아볼 수 없이 메시지가 없는 이 '인사말 아카이빙'은 그러나 진짜 아카이빙이었다. 그것은 시대의 흐름을 반추한 역사 인식을 숨겨놓은 자의식의 표출이었다. 그럴 수 있는 시대였다. 비로소 돌아보기 시작한 것이다.

> 좋은 꿈 꾸서요 좋은 아침이죠
> 내일 또 봅시다 동방예의지국

이 대목도 의미심장하다. 시간이 뒤죽박죽이다. 밤과 아침, 오늘과 내일, 시간의 순차성이 무시되고 편집된다. 무질서하게 겹친다. 시간의 몽타주, 시간의 가위질이다. 그다음, 쓸데없는 인사말이나 늘어놓더니 대뜸 '동방예의지국'이라고 결론을 낸다. 냉소적인 역사 인식이 깃들어 있다. 이 대목을 지나고 나서야 자기 세대의 정신을 암시하는 자의식을 살짝 보여준다.

지금 사람들은 1995년
옛날 사람들은 1945년

광복 50주년 되던 해가 1995년. 드디어 옛날은 갔다. 적어도 당시의 젊은이들은 그렇게 느꼈다. 그리고 옛날을 '옛날'이라고 선언한다. 앨범『문화혁명』은 한편으로는 역사의, 역사적 인식의, 그것을 기반으로 한 혁명의 냉소적 해체였다. 그것 자체가 하나의 새로운 관점이었다. 장프랑수아 리오타르 식으로 말하면 큰 이야기가 물러서고 작은 이야기가 의미 있게 등장하던 시절이었다. 사적이고 작은 우리만의 것, 대체할 수 없는 주름들이 만들어나가는 우발적인 지형도 내에 문화적으로 숨는 것 자체가 혁명이 되지 '않을까' 싶었다.

더 돌아보자. 100억 불 수출 목표를 달성하던 때가 1977년이다. 산울림의 「아니 벌써」가 그때를 상징한다. 18년 후, 1995년에는 2000억 불 수출 목표가 달성된다. 이 시대를 상징하는 노래가 「안녕하세요」다. 이 두 노래는 여러모로 비교된다. 두 노래 모두 8비트 리듬에다가 단순한 코드 진행의 로큰롤이다. 또한 아침의 노래다. 그러나 두 노래의 바탕에 있는 삶의 조건은 사뭇 다르다. 역사

에 대한 반추가 끼어들 틈이 없을 만큼 눈코 뜰 새 없는 개발도상
국 시민의 일과를 보여주는 것이 「아니 벌써」라면, 과거에서 현재
로 이어지는 흐름에 대해 새김질을 한 것이 이 노래다. 앨범의 속
지를 보면 '시대에 따라서 인사도 변하나 봐요'라고 적은 것이 눈
에 띈다.

1995년 무렵, 공식적이고 딱딱하고 거대한 콘서트홀이 아니라
우리들만의 클럽 같은 문화가 젊은이들 가슴에서 비로소 싹트기
시작했다. 하긴 그때는 PC통신 시절이었고 비로소 나만의 방이
주어지던 때였다. 옛날 사람들은 10대 때 '자기 방'이라는 것을 꿈
꿀 수 없었다. 그러나 그런 '옛날'은 갔다. 간주 부분에 나오는 반
음씩 떨어지는 신시사이저 음은 육이오 때 공습으로 떨어지던 폭
탄을 상징한다고 했다. 이것은 어쩌면 옛날에 투하하는 폭탄일 수
도 있다. 폭탄은 말없이 던질 것. 삐삐밴드는 예의 바르게, 무표정
하게, 인사말 할 거 다 하면서 옛날을 폭파한다. 추리닝 패션에 비
니를 푹 뒤집어쓴 채 엉성한 포즈로 TV에 등장한 삐삐밴드는 별
로 움직이지도 않았다. 이것이 2000억 불 시대 아이들의 세련된
도발 방식이었다. 「안녕하세요」는 새로운 세대의 문화적 변화를
알리는 인사말 같은 곡이었다.

삐삐밴드는 이른바 '스리 코드'의 미니멀리즘 펑크록에 복잡 미
묘한 전자 음향을 얹어 향후 제조될 인디 폭탄의 뇌관에 불을 붙

였다. 그리고 『불가능한 작전』(1996)을 끝으로 사라지는 듯하더니 삐삐롱스타킹으로 되살아나 「바보버스」(1997)라는 훌륭한 곡을 남겼지만, 한국 대중문화사에 길이 남을 그 유명한 '공중파 침 뱉기' 사건으로 유성처럼 사라졌다. 요즘 TV에 나오는 애들은 이런 도발을 꿈조차 꾸지 못한다. 또는 꾸지 않는다.

말달리자

작사·곡 이상혁 / **노래** 크라잉넛

살다 보면 그런 거지 우후 말은 되지
모두들의 잘못인가 난 모두를 알고 있지 닥쳐

노래하면 잊혀지나 사랑하면 사랑받나
돈 많으면 성공하나 차 있으면 빨리 가지 닥쳐

닥쳐 닥쳐 닥쳐 닥치고 내 말 들어
우리는 달려야 해 바보 놈이 될 순 없어 말달리자
말달리자 말달리자 말달리자 말달리자

이러다가 늙는 거지 그땔 위해 일해야 해
모든 것은 막혀 있어 우리에겐 힘이 없지 닥쳐

사랑은 어려운 거야 복잡하고 예쁜 거지
잊으려면 잊혀질까 상처받기 쉬운 거야 닥쳐

닥쳐 닥쳐 닥쳐 닥치고 가만있어
우리는 달려야 해 거짓에 싸워야 해 말달리자
말달리자 말달리자 말달리자 말달리자

이런 땡굴땡굴한 지구상에서 우리가 할 수 있는 것은
오직 달리는 것뿐이다 무얼 더 바라랴
어이 이봐 거기 숨어 있는 친구 이리 나오라구
우리는 친구

은근히 복잡한 펑크
「말달리자」와 '신나는 지옥'

한국에서 가장 성공한 '펑크 장르의 노래'를 꼽으라면 역시 「말달리자」 아닌가 싶다. 「말달리자」가 잘 보여주는 것은, 생활을 압축시켜 표현하는 데에는 노래가 가장 효과적인 방식의 하나라는 점이다. 좋은 노래는 단 몇 분 안에 한 집단의 생활상을 리얼하고도 상징적으로 기록한다. 그래서 노래는 매우 중요한 고고학적 기록물이다. 그 안에는 생각의 구조와 일상의 살아 숨 쉬는 디테일이 모두 담긴다.

이 노래에서 '말달리자'는 정확하게 반대되는 두 의미로 동시에 쓰인다. '말달리자'는 복수 1인칭의 주체가 청유하는 신나는 자발적 레이싱이면서 동시에 '말달리게 하기 위해' 타자로서의 말에 가하는 가혹한 채찍질이다. 그러니까 뛰는 게 자기 자신이기도 하고, 동시에 남이기도 하다. 바꿔 말하면 나는 신나게 놀고 뛰는 존재이기도 하지만, 남한테 채찍질도 가하는 놈이다. 흥미로운 점은, 이걸 다시 뒤집어 말하면, 내가 왜 뛰고 있는지가 드러나기도 한다는 것이다. 나는 사실 내가 뛰는 줄 알았는데 남한테 신나게 채찍질당하며 뜀박질하도록 강요당하고 있는지도 모른다.

이것은 한마디로 '복잡한 국면'이다. '우는 땅콩'은 이 복잡함을 매우 단순하게, 실은 단순한 척하면서 노래한다. 펑크니까. 단순해야 하니까. 그러나 '사랑은 어려운 거야 복잡하고 예쁜 거지'. 순수하고 단순하게 사랑할 수도 없는 세대다. 이 노래가 단순한 것 같아도 이런 여러 차원에서의 '복잡함'을 절묘하게 표현했기 때문에 90년대 세대가 이 노래에 열광한 것이다.

사실 90년대 세대의 세대적 조건 자체가 그렇다. 그들은 한국 사회에서 최초로 모호한 전선을 마주하고 모종의 탈주를 시도한 바 있다. 중산층의 취향이라는 빠져나갈 수 없는 덫 안에 있으면서 동시에 그것을 걷어치우려 했다. 그 안에는 순종과 저항이, 소비와 자급자족이, 위기와 대안이, 희망과 절망이 동시에 담겨 있다. 말달리는 건 신나는 놀이면서 동시에 절망적인 노동이다. 그들은 '이러다가 늙는 거지 그맬 위해 일해야 해'라는 명제를 이미 잘 알고 있다. 게다가 부모 세대도 그렇게 살아왔다. 체계화된 자본주의 사회에서의 생존법, 그것은 채찍을 들든가 채찍을 맞든가 둘 중 하나다. 이 비정함을 20대 초반의 그들은 이미 꿰뚫어 보고 있었다.

살다 보면 그런 거지 우후 말은 되지
모두들의 잘못인가 난 모두를 알고 있지

어눌한 듯한, 말이 안 되는 듯한, 그래서 '말은 되지'라고 한, 누가 무슨 잘못을 했는지, 뭘 알고 있는지 알쏭달쏭한, 어떤 면에서는 바보 같은 이 도입부는 이 아이들이 어떻게 스스로를 표현하고 있는지 잘 보여준다. 그들은 똑바로 말하지도 않고 슬쩍 비켜가지도 않는다. 아니라고 말하지도 않는다. 완전히 밖으로 나가지도 않지만 어느새 집에는 없다. 열심히 사는 것 같은데 아무 생각 없이 신나게 말달린다. 생각이 있어 보이는데 바보 같다. 그 '바보 같음'의 힘을 매우 효과적으로 드러낸 대목이 각 절 사이의 코러스 '말달리자'로 넘어갈 때의 갑작스러운 리듬의 붕괴. 이 대목이 이 노래의 계속되는 클라이맥스다. 각 절에서는 두 눈 똑바로 뜨고 맨정신으로 놀다가 사설이 끝나면 에라, 모르겠다, 그냥 냅다 달아나는 말처럼 광기의 리듬 속으로 빠져든다. 지금도 그렇지만 그 엇박자가 기묘하게 맞아들어가는 것이 신기하다. 그게 크라잉 넛의 본질이다. 1990년대 중반 '드럭'에서 놀아본 친구들은 알 것이다. 그것은 일종의 '신나는 지옥'이었다.

또 하나의 압권은 각 절 끝에서 마치 자해하듯 일갈하는 '닥쳐'라는 가사다. 이들은 '닥치고'의 원조다. '닥쳐'로 말을 걸다니. 그런 땅콩들이 어디 있담. 이 '닥쳐'는 러시아의 문예이론가 미하일 바흐친 식으로 말하자면 일종의 '다성성(polyphony)'*을 보여준다. 먼저 개입되는 것은 '어른의 목소리'다. 아이들이 신나게 노는데 어른들이 '닥쳐'라며 찬물을 끼얹는다. 또한 이 '닥쳐'는 동료의 목소리이기도 하다. 자칫 메시지 중심으로 무거워지려는 걸 중간에 끊고 들어가서 놀이의 방향으로 되돌리는 역할이다. 그러니까 스스로에 대한 역설적인 응원 내지는 독려라 할 수 있다. 마지막으로 이 '닥쳐'는 어른들을 향해 내던지는 명령어다. 단도직입적으로 이제 그만 좀 하시라는 것이다. 아이들은 자학의 형식을 가장해서 어른들에게 저항한다. 이것은 민중적 형식의 놀이에서 자주 보이는 뒤집기다. 이 복잡한 '닥쳐'에 의해 한국 청년 문화에 길고 어두운 그림자를 드리웠던 군사 문화가 따귀를 맞고 결정적으로 쓰러진다. 이때부터 군사 문화는 끝난 것이다.

---

* 여러 목소리의 공존.

이것 참 아이러니하지 아니한가. 오래전 어느 글에선가 크라잉 넛의 「말달리자」를 '90년대 젊은이들의 송가'라고 쓴 적이 있다. 그 후로는 마찬가지다. 복잡한 국면 속에서 문화적으로 저항하면서 동시에 끈질기게 살아가기라는 이중적 버티기를 하지 않으면 안 된다.

「말달리자」와 「밤이 깊었네」 사이의 거리. 어두컴컴하고 습한 지하의 클럽에서 쉼 없이 말달리던 크라잉넛의 밤은 늘 축제의 밤이었다. 말달리던 밤은 그렇게 깊어갔다. 군대를 다녀오고도 여전히 놀았다. 쉼 없이 말달려온 그들이 직장인들의 애환을 달래주는 아이들로 변했다. 그들의 음악적인 진화는 사실 진지한 것이었다. 펑크에서 켈트 음악으로, 가요의 깊은 맛을 낼 줄 아는 어른들로, 음악도 깊어갔다.

올해로 우는 땅콩들이 마흔이다. 키보드 치는 김인수는 조금 형뻘이지만, 나머지 멤버들은 그렇다. 사실 그들이 마흔이라는 게 믿기지 않는다. 여전히 홍대 바닥을 주름잡는 그들이지만, 무대 위에서는 그 와일드함에조차 연륜이 배어 있다. 그들의 기념비적인 두 노래 「말달리자」와 「밤이 깊었네」 사이의 거리가 어느덧 그들 자신의 세월 속에서 메워졌다. 웬만한 끈기로 말달리지 않고서는 여기까지 오기 힘든데, 그 길을 왔다. 그래서 다시 돌아보게 된다. 「말달리자」를.

한국말

작사·곡 조웅 / 노래 구남과여라이딩스텔라

나에겐 이런 표정 어울리나요
약간은 어색한 것 같기도 하고
숨을 쉬고 노래하다가도 문득 나
왜 이렇게 됐나 왜 이렇게 됐나 생각해

바바바바바바바바바바바바바바바바바
바바바바바바바바바바바바바바바바바

춤을 추고 땀을 흘리다가도
왜 이러고 있나 왜 이러고 있나 생각해
눈을 보며 말을 하다가도 새삼 나
말을 할 줄 아네 무슨 말을 하나

바바바바바바바바바바바바바바바바바
바바바바바바바바바바바바바바바바바

나에겐 이런 표정 어울리나요
약간은 어색한 것 같기도 하고
숨을 쉬고 노래하다가도 문득 나
왜 이렇게 됐나 왜 이러고 있나 생각해

눈을 보며 말을 하다가도 새삼 나
말을 할 줄 아네 무슨 말을 하나
한국말을 할 줄 아네 나
한국말을 하고 있네

가갸거겨고교구규그기
나냐너녀노뇨누뉴느니
라랴러려로료루류르리
파퍄퍼펴포표푸퓨프피
하햐허혀호효후휴흐히

나에겐 이런 표정 어울리나요
약간은 어색한 것 같기도 하고

약간은 어색한 것 같기도 하고
구남과여라이딩스텔라, 한국말의 어려움

구남과여라이딩스텔라(이하 '구남'). 이 거나함이라니. 구남은 '구남 그루브'의 창시자다. '구남 그루브'란 무엇인가? 리더인 조웅의 말을 빌리자면 '리듬과 그루브, 톤과 앰비언트, 이야기와 멜로디의 편집으로 음악이 만들어'진다. 또한 음악에는 '믿을 수 있는 것과 그렇지 않은 것, 습관적인 것과 생경한 것이 뒤범벅'되어 있다고 한다. 2013년 10월 12일부터 11월 10일까지 대림미술관 구슬모아 당구장에서 가졌던 조웅의 전시 '보따리'에서의 '작가의 말'을 인용했다. 바로 그 뒤범벅. 당시까지는 조웅, 임병학, 박태식, 김나언의 뒤범벅. 구남은 감정과 이야기와 분위기를 소리라는 보따리로 싸서 '야, 여기 있다' 하고 전해준다. 즐거운 일과 슬픈 일, 좋은 기분과 더러운 기분, 상승과 하강, 한국말과 외국말, 과거와 현재가 순서 없이 혼재하는 상태. 이것이 구남 그루브다. 좋은 멜로디 만드는 것도, 멋진 가사 쓰는 것도 보통 일이 아니지만 자기 장단을 만들어내는 건 정말 비범한 일이다. 구남은 느릿느릿 유장한 우리 속도를 우리에게는 어색한 장르였던 록 음악에 접목하는 법을 찾아냈다. 그들이 우리 세대의 밴드들 중에 유일하게 그걸 하고 있다.

그런데 이 구남 그루브는 그리 호락호락하지 않다. 한마디로, 잘 안 온다. 처음 들으면 '이거 뭐 대충 하는 애들이야?' 그럴 정도로 어딘지 엉성하다. 좋은 말로 하면 거침없는 듯하지만 삐딱하게 보면 섬세하게 닦이지 않은 구석이 있다. 그래서 오히려 까다롭다. 아이돌 음악처럼 말끔하면 차라리 쉽잖아.

사실 이 밴드는 이름 자체가 하나의 까다로운 관문이다. 처음 접한 사람은 이게 뭐지 싶을 거다. 나도 그랬으니까. 띄어쓰기도 하지 않아서 도무지 뜻이 잘 들어오지 않는다. 지극히 생소한 단어들의 조합이다. 더듬더듬 읽어본다. '구남과여'까지는 한글인 거 같고 그다음부터는 영어다. '구남과여', 이 네 자는 무슨 사자성어 같기도 한데, 한 번도 들어본 적이 없는 말이다. '구'가 9인지, '옛 구(舊)'의 구인지 모르겠다. 고개를 갸우뚱거리며 이렇게 저렇게 해석하다 보면 풀리기는 풀린다. 알고 보면 '옛날 남자 여자가 스텔라 자동차를 타고 간다'는 뜻. 뜻을 알고 나니 빼어나게 낭만적이다! 이 이름 안에 묘한 그리움이 서려 있다. 스텔라를 타고 가는 옛날 남과 여. 나도 왠지 그런 커플을 본 적이 있는 것 같다. 경춘가도나 7번 국도 부근이라면 더 잘 어울릴 것 같은 이 커플. 구남은 이런 '구남과여'들이 국도를 누빌 때 몇 살이었을까? 아마도 어린 시절이었겠지. 어떻게 알았을까, 그 낭만을? 조금씩 신기해진다. 자기 부모 세대의 낭만을 그리워하는 애들이라니. 애늙은이들일 것 같다는 느낌이 들기도 한다. 좋지도 나쁘지도 않은, 폼 내도 폼 나지도 않고 그렇다고 볼품없지도 않은. 약간 괜찮은 스텔라를 내세운 것에서는 이상한 고집이나 저항감마저 느껴진다. 왜하필 스텔라냐. 프린스도 아니고 브리사도 포니도 에스페로도 아니고 심지어 그랜저도 아니다. 스텔라다. 그런데 구남의 음악을 들어보면 스텔라가 딱이다. 구남 그루브에는 스텔라가 제격.

이렇게 겨우 밴드 이름 통과. 기분이 과히 좋지 않다. 이름부터 사람들을 골탕 먹이고 있다. 불친절하다. 들으려면 듣고 아님 말라는 식이다. 돼먹지 않았다. 피해의식 같은 것도 들어 있다. 남들과 잘 어울리는 것 같은데 은근히 자폐적이다. 니네가 아무리 아는 척해도 진짜 우리를 알 수 있겠어? 어떤 배신감의 표현 같기도 하다.

이런 복잡 미묘한 느낌을 가장 잘 표현한 노래가 「한국말」일 거다. 이 노래는 2007년 11월에 발매된 구남의 1집 『우리는 깨끗하다』에 들어 있다. 앨범 제목도 참. 누가 아니랄까 봐, ㅋㅋㅋ. 이 앨범은 21세기 초반에 나온 우리말 록 음반 가운데 가장 중요한 앨범의 하나로 꼽힐 만하다. 그만큼 독창적이고 대단하다. 팔세토에 전자음악에 뉴웨이브에 뽕짝에 동요에 낭송에 국악 장단까지! 이 다양한 떡고물들이 따로 놀지 않고 쫀득쫀득, 야무지게 맛있다. 유기농 쌀 맛이다. 그걸 소리의 보따리에 엉성한 척하면서 약간은 충청도 식으로 싸서 담았다.

이 구수한 느낌. 그런데 음미하면 할수록 그 맛은 쓴맛이다. 그게 구남의 묘미다. 쌉쌀함을 곱씹을수록 단맛이 나고, 달콤함을 맛볼수록 거기서 쓴맛이 배어 나온다. 이게 뭘까? 이 어린 친구들은 어디서 이런 달콤쌉싸름을 가져왔을까? 젊은것들이 고생깨나 한 모양이구먼. 대답은 간단하다. 그 고생의 근거는 바로 '남한살이'다. 남한에서 살다 보면 이렇게 된다. 남한에서의 삶의 진국. 그게 바로 이거다.

한국말을 할 줄 아네 나
한국말을 하고 있네

그렇다. 이 자기 인식은 뼈아프기까지 하다. 비밀 중의 하나다.

가요 100년사에서 이런 인식을 대놓고 내뱉은 것은 '신중현과 엽전들'이 처음이었고(엽전에 담긴 자기 비하), 그다음엔 구남이다. 그래. 나 한국말 좀 한다. 근데. 그게 뭐. 누가 알아주기나 해? 신입사원 면접에서 '저는 한국말을 잘합니다'라고 말하는 지원자는 단한 명도 없다. 영어를 잘하면 존잘러가 되지만 한국말은 잘해봐야 힘만 빠진다. 사기꾼 같은 정치가들이 한국말은 제일 잘한다.

왜 이렇게 됐나 왜 이러고 있나 생각해

그러게. 왜 이렇게 됐지. 어쩌면 일본 놈들이 북한산에 박아놓고 갔다던 그 쇠봉들 때문인지도 모른다. 아직 통일도 못한 나라, 민족끼리 으르렁대고 서로 못되게 구는 나라. 그게 얼마나 창피한 건지도 모르는 나라. 청년들의 좌절감 하나 보듬어주지 못하는 헬…… 이런 말은 이제 꺼내기조차 지긋지긋. 그러나 포기할 수도, 벗어날 수도 없다. 그래서 차라리, 그냥 이렇게 결론 낸다.

약간은 어색한 것 같기도 하고

이 '어색함', 이 '거리감'이 유일무이한 출구다. 우리 것이 좋은 것이여. 지랄하고 자빠졌네. 나는 오늘도 한국말을 하고 있다는 창피함을 무릅쓰기 위해 이렇게 스스로 속삭인다.

나는 내가 어색하다.

그런 다음, 애써 담담한 표정으로, 우리는 오늘도 '춤을 추고 땀을 흘리'느라 정신이 없다.

학수고대했던 날

작사·곡 백현진 / **노래** 백현진

눈이 빠지도록 기다렸었네
눈이 빠지도록 기다렸었네
눈이 빠지도록 기다렸었네
목이 빠지도록 기다렸었네
사 일 만에 집에 돌아온 여자
끝내 이유를 묻지 못한 남자
옛 사연들
사실 내가 술을 너무 많이 먹어
기억이 안 납니다
돼지기름이 흰 소매에 튀고
젓가락 한 벌이 낙하를 할 때
니가 부끄럽게 고백한 말들
내가 사려 깊게 대답한 말들
사실 내가 술을 너무 많이 먹어
기억이 안 납니다
사실 내가 술을 너무 많이 먹어
기억이 안 납니다
미안합니다
미안합니다
미안합니다

랄라
막창 이 인분에 맥주 열세 병
고기 냄새가 우릴 감싸고
형광등은 우릴 밝게 비추고
기름에 얼룩진 시간은 네 시 반
비틀대고 부축을 하고
손을 잡고 키스를 하고
약속하고 다짐을 하고
끌어안고 섹스를 하고
오해하고 화해를 하고
이해하고 인정을 하고
엇갈리고 명쾌해지고
서로의 눈을 바라다보면
그 시간을
또
눈이 빠지도록 기다렸었네
눈이 빠지도록 기다렸었네
눈이 빠지도록 기다렸었네
목이 빠지도록 기다렸었네
골목길을 빠져나올 때에

너무나도 달콤했었던
너의 작은 속삭임과 몸짓
운명처럼 만났던 얼굴이
사실 내가 술을 너무 많이 먹어
기억이 안 납니다
사실 내가 술을 너무 많이 먹어
기억이 안 납니다
사실 내가 술을 너무 많이 먹어
기억이 안 납니다
사실 내가 술을 너무 많이 먹어
기억이 안 납니다
미안합니다
미안합니다
미안합니다
정말

한국 사회는 지난밤을 기억하지 않으리

이번 설에도 조상님께 술잔을 올렸다. 중국에서 사업하다 오랜만에 들어온 막내 삼촌이 할아버지의 신위가 적힌 지방 아래 놓인 놋잔에 술을 따랐다. 삼촌은 상하이 공항 면세점에서 사 온 38년산 로얄살루트를 선물로 줬다. 나는 마감을 앞두고 취하고 말았다. 그러지 않으려고 했으나 그렇게 됐다. 어쩔 수 없었다는 유일하게 결정적인 변명을 정당화하기 위해서라도 취기는 필요했다. 이 자살 행위는 최소한 내가 속한 나라에서만은 거리낌이 없다. 빠르면 빠를수록 좋다. 이른 저녁에 시작해서 자정이 되기 전에 궁극의 망각 상태에 이르기 위해 넥타이들은 폭탄을 제조한다. 북한 과학자들이 플루토늄을 합성하는 사이, 남한 관료들은 더 기발한 방식으로 폭탄주를 제조하는 법을 개발하기 위해 창의력을 투자한다. 그것은 출세의 또 다른 명백한 길이다. 마르크스의 하부구조-상부구조론이나 알튀세르의 중층결정론이 아시아 동쪽 변방에 자리잡은 묘한 '노오력'의 나라인 남한에서 이론적으로 헤매는 이유가 있다. 남한 사회의 하부구조에는 술이 있다. 술이 사회를 지탱한다. 헬조선에서 살아가는 우리에게는 술이 필요하다. 우리는 죽지 않기 위해 술을 마신다. 술 없이는 아무것도 진행되지 않는다. 맨날 술이다.

한 잔 한 잔 또 한 잔(一杯一杯復一杯)
(이백, 「산중여유인대작(山中與幽人對酌)」)

한 잔 또 한 잔을 마셔도 취하는 건 마찬가지지
(「별이여 사랑이여」)

막창 이 인분에 맥주 열세 병
(「학수고대했던 날」)

난 늘 술이야 맨날 술이야
(「술이야」)

한국 사회는 술독에서 돌아간다. 잊기 위해서 술을 마신다. 술을 마시고 다짐한다. 새해에는 술을 끊겠다고 결심한다. 그 결심을 유지하기 위해 다시 술이 필요하다. 쓰러지지 않기 위해 밤새 술을 마시다가 쓰러진다. 버티려고 술을 마시다가 맛이 간다. 입에서 시큼한 냄새가 나고 아내는 키스를 거부한다. 거부당한 당신은 바깥으로 돈다. 길바닥을 헤맨다. 영하 18도, 새벽 2시에 보도블록을 터벅터벅 걸으며 심형래의 영화 〈용가리〉에 나오는 CG에서 본 듯한 김을 뿜으며 뽕짝이나 흥얼거리다가 택시를 잡는다. 택시 기사가 의사도 아닌데 그분에게 당뇨 수치를 고백한다. 당뇨가 있어서 술을 마시면 안 되지만, 거래를 위해, 사랑을 위해, 용서와 화해를 위해 술은 반드시 필요하다. 계약이 성사되면 혈당 수치가 올라간다. 계약서에 서명을 하고 병원에 가서 간 수치를 잰다. 가짜 양주가 잔을 채운다. 얼음 서너 알이 땡그랑 경쾌하게 잔에 부딪친다. 얼음만이 가볍게 역사를 되돌아본다. 녹아 없어진다는 사실 때문에 얼음은 알코올의 매우 친한 친구다. 군사 문화는 일시적인 망가짐 속에서만 오와 열을 맞춘다. 프랑스의 천재 시인 랭보가 열일곱에 썼다는 시 「취한 배」의 구절이 얼음 실로폰 소리와 함께 메아리친다.

아! 배야 박살이나 나버려라
아! 그러면 나는 바다로 가련다

바다로 가기 위해 취기가 필요하다. 취하지 않으면 바다로 갈 수 없다. 배가 박살 나면 비로소 노래가 나오기 시작한다. 마이크를 잡으러 노래방에 가자. 사실 맨정신과 노래는 상극이다. 맨정신에 노래하려면 눈이라도 감아야 한다. 맨정신에 할 수 없는 것들을 취기는 가능하게 한다. 노래 부르고 어깨동무하며 우리는 경계를 넘는다. 세상은 우스워진다. 기획재정부 장관의 이성은 폭소와 함께 별것 아닌 것이 된다. 탈세와 술은 동의어다. 술의 장부는 따로 있다. 술상무가 별도의 지출 내역서를 쓴다. 술상무는 동방예의지국에 존재하는 모든 예법에 통달해 있다. 금영노래방 단골 히트곡의 번호들을 외우고 있다. 2차에 가면 반드시 먼저 입구에 나와 있어야 한다. 은밀한 허가는 바로 그 입구에서 성사된다. 갑들은 2차를 좋아한다. 대놓고 원한다. 술은 정부 방침의 이면이다. 대부분의 공사는 술자리에서 담합된다. 담합의 결과 예기치 않게 정부가 생길 수도 있다. 이렇게 생긴 정부는 은근히 외면당한다. 정부의 오뉴월에 서리가 내린다. 미안해하지 않는 또는 원치 않는 DNA의 어떤 치명적인 존재가 복수를 꿈꾼다. 국정원은 국정원을 향해 칼을 뽑은 그이의 술자리를 조사함으로써 그를 베어 없앤다. 미안해할 줄 모르니 정부는 서러워 운다. 우는 정부의 원한을 통제하기 위해 강력계 형사는 잠복한다. 사건은 늘 뒤안길로 들어선다. 어여쁜 언니가 리스트를 남기고 자결을 택한다. 리스트에는 충격적인 고위층의 이름들이 쓰여 있지만, 그들 자신이 리스트의 유포를 담당하고 있으므로 리스트는 소각된다. 대치동에서 강의하는 남한 최고의 수학 선생님이 토사물 위로 고개를 떨구며 계약을 한다. 그곳은 논현동이다. 한때 아이돌이 되고자 했던 아이는 요크셔테리어를 키우고 있다. 원룸의 작은 냉장고 안에 유기농 두부가 있다. 교복 코스프레로 인기를 끌고 있는 아이는 기말고사 기간 동안에는 볼 수가 없다.

술은 미안함의 상징이다. 술 때문에 미안하다. 술 때문에 공무원이 미안하고, 술에 엮여 2차를 가는 한국 사회에서 검사들은 더 미안하다. 내가 임금피크제와 성과급제를 반대하고 호봉제를 옹호하는 것은 그 때문이다. 한국 사회에서 호봉제는 매우 함의가 크다. 호봉제는 미안함의 축적이다. 아이디어 좋고 잘난 놈들의 반짝거림만큼 하찮은 게 또 어디 있을까. 남한에서 나이를 먹는다는 것은, 경륜이 쌓인다는 것은 무엇일까. 남한에서 일상인들의 인격에 추적추적 쌓이는 그 어떤 깊이는 한마디로 조직이 건네고 내가 마다하지 않은 술잔의 개수와 정비례한다. 호봉제는 조직 안에서 눈물을 삼킨 수많은 밤의 조작들을 성과로 기록하는 유일한 방법이다. 호봉이 높은 공무원이 누른 노래방 번호들의 총합을 그 누가 뛰어넘으랴. 노래는 취기의 상태를 기록하는 유일한 방법이다. 노래는 망가짐의 기록이다. 다들 잘해보자고, 정신 차리자고 할 때가수는 젖은 목소리로 이렇게 노래한다.

> 사실 내가 술을 너무 많이 먹어
> 기억이 안 납니다
> 미안합니다
> 미안합니다
> 미안합니다

한국 사회는 지난밤을 기억하지 않는다. 다만 미안해할 뿐이다. 그러나 그 미안함을 기록하지도 않는다. 미안해하기 위해 태어난 고종 황제는 일본 놈들이 아편을 섞어 넣은 커피를 마셨다고 전해진다. 그때부터 한민족은 더 이상 타령을 부르지 않는다. 타령은 서글픈 역사의 상징이다. 역사는 늘 그래 왔다. 한국 사회의 주류는 주류 유통업과 동업한다. 밤새 술을 마시며, 중심에서, 정부와 함께, 한 귀퉁이에서, 여전히 미안해하며 자기들이 원하는 역사를 써내려간다.

한때의 네가 널 사용한 흔적, 뿌옇게 하기

현진에게

여기 그 술꾼 노래꾼 그림꾼에게 예전에 보냈던 편지가 있어 그대로 가져와본다. 취한 김에 이럴 수도 있지.

현진에게
─한때의 니가 널 사용한 흔적, 뿌옇게 하기

현진아. 2008년 3월 4일, 빈지 눈인지 모를 것들이 스멀스멀 내려서 거리를 더럽히고 있는 초봄의 썰렁한 오후다.
꽤 시간이 흘렀네.

솔로 앨범이 이제야 나오는구나. 벌써 몇 년 전이지? 이 트랙들이 녹음된 2003년 여름부터 2005년 겨울. 겨우내 땅속에 있던 묵은 김치를 꺼내서 먹어보는 기분으로, 나는 열두 트랙, 한 시간 육분 동안 노래들을 들으며 글로 따라가보려 한다. 노래가 끝나면 저절로 글도 끝나겠지.

넌 그동안 누구와 만나고 어떻게든 헤어졌다. 그리고 다시 누구누구와 만나고. 몇 년 전, 이 노래들을 태어나게 한 어떤 헤어짐의 과정이 기억난다. '계단에 앉아서 당신을 기다렸던 97년 초여름의 빛나던 시간'(「무릎베개」)은 갔어. 그것이 가고 그 빈자리에 노래가 앉았던 거지. 이 노래가 니 입에서 나오던 그때, 너의 흐느낌은 육질이 흥건했고 이야기는 하이퍼한 순간들의 생생한 다큐멘터리였는데 이제 들으니 먼 날의 흔적같이 느껴진다. 서서울 호텔은 헐리고 그 자리에 서서울 호텔의 두 배쯤 되는 덩치의 주상복합 비슷한 건물이 올라가고 클럽 MI는 Via로 바뀌었고 해물잔치는 없어지고 그 대지 혹은 건물 혹은 대지 건물 모두를 양현석이 샀다는 이야기가 들린다. 변했어.

낙엽이 쌓여 무덤이 된다
자연유산 된 새색시 배처럼

(「깨진 코」)

경주에 갔더니 무덤이 젖 같았는데, 벌써 옛 풍경이다. '어떡해야 잊을 수 있나'(「무릎베개」) 괴로워하던 너, 그래서 노래 불러 잊으려 했던 너, 너 스스로에게도 미안하고 너의 '당신'에게도 미안하고 해서

미안합니다 미안합니다 미안합니다 정말

(「학수고대했던 날」)

이렇게 노래했건만, 넌 이제 다 잊었을 거다. 나도 기타 들고 너와 함께 이 노래들을 부르던 때가 가물가물하다.

요즘도 공연하니? '막창 이 인분에 맥주 열세 병'(「학수고대했던 날」)이라는 대목을 부를 때 사람들은 웃었지. 지금 들으니 너의 흐느낌은 기화된 정액 같아. 오늘도 당인리 발전소 굴뚝에서 화력발전을 하고 난 후의 하품 같은 연기가 뭉게뭉게 하늘로 솟고 하늘엔 구름이 자욱하다. 구름과 그 하품이 구별되지 않는 어느 하늘의 단계가 있는데, 너의 흐느낌도 그래. 구름 같아.

너의 반성의 시간, 한때 니가 널 그렇게 사용했지. '그것이 사랑이었나?'(「어떤 냄새」) 언제나 그랬듯 나는 니가 널 사용하는 방법들에서 많은 걸 배워. 너는 널 과감하게 사용해. 장르는 문제 되지 않고 저작권 따위 역시. 넌 '멀미를 나게 하는 이상한 냄새'를 풍기

는 '가스기기 기술 교육원'(「어떤 냄새」) 옆에 있는 한국음악저작권 협회에 등록조차 안 했지. 니 고향 화곡동에 있는 그 두 건물에선 같은 냄새가 날 거야. 어쨌든 넌 너를 과감하게 모듈화해. 요즘 내가 붙들고 있는 개념이 '모듈(module)'이다. 궁금하면 『문학과 사회』 2008년 봄 호에 실린 내 글 「아프로, 호환되는 모듈」을 보렴. 간단하게 정리하면 모듈은 '전체의 일부분이면서 동시에 독자적 기능을 가진 교환 가능한 구성 요소'를 가리킨다. 모듈은 스스로 존재하면서 전체 시스템에 끼워져. 너는 다양한 너를 모듈화해 다시 너에게 끼워. 또는 세상에. 세상과 이질감을 느끼기 위해서라도 세상에 끼워.

> 바위산을 포장하여서 내 심장에 가둬버렸지
>
> (「눈물 닦은 눈물」)

 반성의 시간은 결국 하이퍼로 귀결된다. 반성의 계절이 깊으면 그렇게 돼. 니가 탁구공처럼 연'약한'(「목구멍」), 너에게 걸어버린 강한 드라이브, 굉장한 속도감, '함부로 카드를 쓴 순진한 청년이 요릿집 문 앞에서 매를 맞'(「깨진 코」)듯, 넌 널 시속 180킬로미터로 밟아젖히고 너는 너에게 아낌없이 빳다를 맞아. 넌 야구부였지. 그러나 지금 보면, 그것조차도, 그건 마치, 잠깐 사이에 놓친 풍선이 구름 속으로 사라지는 걸 황홀하게 보는 과정이랄까. 그런 거였을 수도 있어.

상승하는 모듈, 구름 속의 삼단뛰기, 하이퍼의 섬광에 너를 과감히 접속시킨 백현진이라는 모듈은 결국 '블러(blur)'라는 단어를 얻어냈던 걸로 기억한다. 그 단어로 니가 한 몇 년 먹고살았지.

선명한 흉터, 뿌연 기억들

(「목구멍」)

뿌옇다는 건 굉장히 정치적이야. 우리 모두 정치적으로 뿌옇기 위해서 예술을 하지. 여전히 니가 연필로 그린 그 증식하는 구름의 모양 속에 함께 증식하고 함께 사라지는 선들을 사랑한다. 마음의 MRI, 그리움의 암세포. 망친 거라도 하나 남는 거 있으면 싸게 팔든가.

코를 풀고서 코를 만진다

(「깨진 코」)

이런 진실. 남아 있는 건 그런 동작들. 아주 일상적이고 미세한 관찰의 흔적들. '서서울 호텔 607호실'(「닉의 고향」)이 진짜 있는지 알아보려고 서서울 호텔에 갔었다는 니 말이 기억난다. 아무렇게나 갖다 붙이는 것 같아도 얘가 진정 리얼리즘을 추구하는구나 싶었어. 대신 그 선명한 것들을 구름 그림 속에 집어넣어서 맥락을 뭉개지. 그게 바로 뿌옇게 하기야. 좋아. 과감히 이름 붙이자.

뿌옇게 하기.

브레히트의 낯설게 하기가 있다면 하이퍼리얼한 케이크 조각 같은 일상을, 꿈의, 상처의, '유일한 말벗을 잃은 여자'(「어른용 사탕」)가 산 토끼 두 마리의 공간에 놓는 너에겐 뿌옇게 하기가 있어. 뿌옇게 하기는 '원조 마산 아구탕집'에서 나온 '아저씨 네 명'에게 '무자비한 강슛을 얻어맞고 턱뼈가 으스러져 피와 침에 범벅이'(「아구탕에서 나온 네 명」) 된 동성애자 앤더슨의 모습을 그린 시대적인 초상화이기도 하지. 그들을 가르는 분명한 선을 지워버리는 화해의 작업이기도 하고.

적극적인 정치적 의사 표명으로서의 뿌옇게 하기. 그건 적극적인 거부의 표현이기도 하지만 거부라는 단어조차 부정적으로 바라보는 시선이 피우는 아지랑이야. 예술은 다 그렇고 그런 아지랑이들이지. 아지랑이가 뭐냐. 있는 거야, 없는 거야? 땅에서 올라오는 거야, 대기를 휘도는 거야? 이명박 정부는 또다시 허리띠를 졸라매라고 하고 그 명분은 딱 하나야. 3만 불 시대로 가자고. 2만 불 시대가 되면 선진국에 진입한다던 게, 인플레 때문인가, 3만 불로 늘었어. 여전히 우리는 선진국의 '문턱'에 있어. 턱걸이 잘하니? 나는 하나밖에 못했지. 체력장 땐 배치기를 해서 두 개 했고. 계속되는 유보와 계속되는 허리띠 졸라매기, 샅바 싸움 하다가 지친 국민들은 그래도 장 속에 숨겨놨던 금붙이를 꺼냈지. 이 끊임없이 음험한 유보의 정치학은 왜 그런지 너무 선명해서 사기야. 3만 불. 액수로 나와 있지만, 사기지. 그 사기가 사기라고 이야기하기 위해서라도, 꼭 그것만 있는 건 아니지만, 예술가들은 뿌옇게 해야 해. 구름을 그리다가, 구름을 노래하다가, 구름이 되는 거지. 그러나 기본적으로는 니가 너를 잊는 망각의 사용법이기도 했어. 적어도 그때는.

어떻게 해야 당신을 잊을 수 있나

「무릎베개」

예전에 '어어부'에 관해서 '진부함은 아픔의 다른 이름이다. 진부함은 일상이고 일상은 미친 것들을 질식시키고 있는, 겨우겨우 억눌러 하루하루 살아가게 하는 비니루다'라고 쓴 적이 있다. 여전히 넌 'F열 8번 좌석에 앉아서 (…) 뒤를 힐끔 쳐다'(「깨진 코」)본다. 이 앨범은 그 동작들의 스냅사진이기도 해. 나머지는 '술을 너무 많이 먹어 기억이'(「학수고대했던 날」) 잘 나지 않는다. 그건 너나 나나 마찬가지겠지. 뿌옇게 하기.

　피아노를 누가 쳤더라? 정재일? 그때는 니 마음의 상처를 열 손가락으로 차근차근 짚어내는 듯한 느낌이었는데, 지금 들으니 약간 나른하네. 정재일은 베이스도 쳤지. 자기 음악보다 남의 음악에서 이 친구는 빛을 발하는 것 같아. 그리고 또, 달파란. 어떤 트랙에선가 달파란의 드럼머신 인코딩이 보이지? 어눌한 어쿠스틱이다가 가끔씩 첨단의 전자음향이나 드럼머신 필 나는 요소들이 멀리서 자동차가 다가왔다가 지나가듯, 끼어들어. 그것도 이 앨범 듣는 맛이긴 해. 김윤아. 그래, 김윤아도 초대했지. 별사람들이 다 참여했어. 야, 나도 통기타 두 트랙 쳤고. 방준석과 신윤철의 기타가 참 대단해. 지금 들어도 날카롭게 선 날이 허파를 썰고도 남겠다. 어느 곡에서 방준석은 트레몰로 암을 쥐고 엉엉 기타로 우네. 너와 함께. 걔도 뭔 일 있었지. 그 두 사람을 부스에 넣고 권병준이, 지도 그러면서 콘솔을 만지작거렸어. 권병준이 이 작업을 프로듀스했지. 지금은 네덜란드 가 있어. '난 떠날 거야, 이 지옥에서.'(「닉의 고향」) 넌 핀란드를 거쳐 러시아를 갔었나? 그냥 러시아를 갔나? 러시아에서 니가 만들어 온 두꺼운 공책을 장영규 씨네 건물 3층 니 집에서 넘겨보던 밤과 니가 낙지탕을 만들어주던 밤이 한날이었나, 아니면 다른 날이었나. 다른 날이었을 거야. 그 공책, 진짜 최고였는데. 니가 나중에 고백했지. 낙지탕엔 라면수프를 조금 넣었다고. 그래도 괜찮아.

　이 음악들이 한창 녹음되던 때, 너에게서 전화가 왔지. 기타 좀 쳐달라고. 알았다고 하고 김포의 복숭아 작업실에 갔을 때, 오후였어. 아마도 가을로 기억된다. 2004년 가을. 나와 태효가 동행했어. 난 12스트링 통기타를 들고 갔나? 거기 있는 걸 쳤나? 아무튼 그랬고, 태효는 코르그에서 나온 고전적인 아날로그 신시사이저 MS-10을 들고 갔지. 태효가 딱 네 마디 전자 소음을 집어넣었나? 너는 바로 10만 원짜리 수표 몇 장을 내 손에 쥐여주었을 거야. 결제가 참 빨라서 좋았지.

　마룻바닥으로 긴 해가 들어오고 먼지들이 휘날리고 까사 어쩌구, 스페인어로 쓰여 있던 하얀 타일이 붙은 부스에 니가 앉아 있었나? 넌 앉아 있었지. 지금 그 부스는 공사로 헐리고 대신 밥을 먹는 식탁이 놓여 있고 여전히 준석이는 그 식탁에서 밥을 먹고 밥을 먹자마자 설거지하고 구니와 또 한 마리, 덩치 큰 잘생긴 개들이 칭얼대지도 않고 순하게 엎드려 있었지. 개들 특유의, 앞발을 겹쳐 그 위에 턱을 놓는 자세를 하고 녹음을 감상하는지 물끄러미 바라보고 있었던 것 같아. 그림자는 길어지고, 너는 녹음해야 할 트랙을 설명했지. 김포도 많이 변했더라. 근처에 어느 틈에 아파트 단지가 들어섰어. 늪 비슷한 웅덩이에 잡풀들이 자라고, 왠지 김포는 축축한 느낌이었는데, 아파트가 그 웅덩이들을 뒤덮으니까 확

바뀌더라. 동네가.

그 하이퍼 이후, 넌 갑자기 니 자신이 미술 전공자라는 걸 새삼 깨달았는지 주로 그림을 그리고 너네 누난 상하이에 가 있고 난 3년 전부터 마이크 잡고 입 놀리기 시작한 게 아직도 생방송으로 떠들고 아프로 모듈의 뿌리 서아프리카에 가기 위해 신분을 속이고 남몰래 알리앙스 프랑세즈를 다시 다니고.

그런데 말이다, 유부남으로 사는 게 왜 이리 힘드니. 유부남이 무슨 죄인이야? 완전 천민 취급 받아. 한때 약속 한 번 선선히 했다가 이렇게 될 바에야, 유부남 되길 평생 거절하는 게 백번 낫지. 내 말은, 니가 그때 잘했다고, 인마. 결국 유부남은 되지 않았잖아.

시간이 더 흘렀다. 이게 웬일이냐. 3월의 함박눈. 너에게 문자 보낸다. 눈송이가 소 눈망울 같다고. 그래. 너도 때론 소 같아. 그날 새벽이 기억나. 모내래 설렁탕 옆 갈치조림집에서 니 정신의 산책이 시작되던 날. 노래들이 끝나서 글도 이만. 우리 모두 이렇게 우리를 사용해. 뿌옇게. 나 같은 유부남으로서는 그게 살아남는 길이기도 하다.

건강해라, 내내.

20080304화
너의 친구 기완

수상한 이불

작사·곡 김대중 / **노래** 씨 없는 수박 김대중

수상한 이불을 덮어본 적 있나요
낯설은 베개에 얼굴을 묻었나요
불 꺼진 새벽 쓸쓸한 모텔 방에서

서러운 눈물에 잠을 깬 적 있나요
뜨거운 눈물을 삼켜는 보았나요
차거운 새벽 쓸쓸한 모텔 방에서

다정한 여인을 안아본 적 있나요
그 예쁜 여인을 왜 떠나보냈나요
불 꺼진 새벽 쓸쓸한 모텔 방에서

싸구려 비누로 얼굴을 씻었나요
맛없는 주스를 가방에 챙겼나요
차거운 새벽 쓸쓸한 모텔 방에서
차거운 새벽 쓸쓸한 모텔 방에서

수상한 이불과 삼켜버린 눈물
감을 쌓아 올리듯 블루스를 쌓다

젊은 블루스 뮤지션 '씨 없는 수박 김대중'(이하 '김대중')은 고명딸이 아버지 제사상에 감을 쌓아 올리듯 블루스를 쌓는다. 블루스를 쌓는 사람이 있고 블루스를 풀어내는 사람이 있다. 앞쪽은 블루스의 형식미를 강조하고 뒤쪽은 블루스의 즉흥성을 강조한다. 이를테면 블루스 역사상 최고의 기타리스트로 평가받는 로버트 존슨은 블루스를 쌓는 쪽에 가깝고, 록 역사상 최고의 기타리스트인 지미 헨드릭스는 블루스를 풀어내는 쪽에 가깝다.

　김대중은 일상에서 채집한 한의 스냅들을 면도날 같은 감각으로 편집한다. 그런 다음 정교하게 쌓아 올려 빈틈없는 애환의 탑을 만든다. 「수상한 이불」은 그중에서도 뛰어난 걸작이다. '수상한 이불'과 '낯설은 베개'가 덩그러니 있는 모텔 방은 한국 가요사가 발견한 가장 쓸쓸한 공간 설정일 것이다. 김대중은 안감과 속감과 원단의 정체를 알 수 없는, 벌레들이 몸 위를 기어가는 꿈의 장면을 종종 선사하는, 흐린 형광등 불빛과 찰떡궁합인 수상한 이불을 우리 마음의 방 안에 툭 던져놓는다. 그 순간 '나'는 그 방 안에 있게 된다. 누구라도 그래 봤기 때문이다. 그 나를 겪은 건 나의 과거이기도 하고, 김대중 자신이기도 하다. 거창하게는 블루스를 수용하게 된 해방 이후 한국 역사이기도 하고.

김대중은 그들 복수화된 다성화음적 '나'를 향해, 은근슬쩍, '~나요'라는 감성적인 의문형으로 탐문을 시작한다. 이 대목에서 짚고 넘어갈 게 하나 있다. 노래는 많은 경우 그 안에 이미 화자와 청자를 품고 있다. 주고받는다. 특히 블루스는 이른바 'call and response' 즉 '메기고 받는' 형식을 생명으로 하고 있다. 블루스가 아니더라도 시점의 복수성(화자의 다성성)이 노래를 노래답게 하는 경우가 많다. 시는 때로 주체의 긴 진술이 되기도 하지만, 노래는 그렇지 않다.

노래가 시작되면서 복수화된 다성화음적 나를 향한, 김대중 특유의 위트 있는 탐문이 이어진다. 노래의 각 절은 두 줄의 의문문과 장소를 표시하는 부사구 한 줄로 이루어져 있다. 앞의 두 줄은 화자의 행동을, 뒤의 한 줄은 배경을 표시한다. 이 구조는 곡의 처음부터 끝까지 깔끔하게 지켜진다. 1절에서는 이불을 덮고 얼굴을 묻는다. 잠, 망각, 나아가 죽음이다. 2절에서는 '깨고', '삼킨다'. 불현듯 돌아온 의식이다. 화자의 잠을 깨운 건 눈물이다(그 진원지에는 눈물이 있다). 3절에서 눈물의 정체가 밝혀진다. 이별이다.

이것이 김대중이 감을 쌓는 방식이다. 처음에는 (공간을 제시하고) 차마 말을 못하고 얼굴을 묻는다. 그다음에는 눈물을 보여주고, 그러고 나서야 이야기의 껍질 속으로 들어간다. 처음에는 망각, 그다음에는 의식, 그러고 나서 의식 속의 사연이다. 김대중은 이런 구조를 만들기 위해 보통 정성을 들이는 게 아니다. 참다가 참다가, 블루스 가수는 3절에서야 비로소 꺼내기 힘들었던 사연의 일부를 고백한다. 다정한 여인이 있었고, 여인은 떠나갔다. 나는 예쁜 여인을 떠나보냈다. 나는 곱씹고 있다. 나는 놈놈놈. 미련한 놈, 나쁜 놈, 불쌍한 놈. 그 모두인 나는 쓸쓸한 모텔 방에 혼자 있다. 그것도 새벽에.

그리고 긴 한숨 같은 하모니카 간주가 나온다. 매우 효과적으로 설정된 간주다. 때로 간주는 노랫말보다 더 많은 이야기를 한다. 시간이 흐르고, 장면이 전환된다. 사연이 깊으면 말이 줄어드는 법. 누구라도 죽기 직전에는 한숨으로 모든 감회를 대신한다. 결정적인 이야기가 입에서 튀어나오려고 할 때, 노래는 그 말을 오히려 막는다. 쌍욕을 토해내려는 언어를 향해 악기들은 말한다. 그만 하면 됐다고.

하모니카의 간주가 비루한 일상을 사는 우리 모두의 착잡한 마음을 달래준 이후에 장면은 바뀐다. 이제 떠날 시간이다. 화자는 수상한 이불을 빠져나온다. 뒤에 남겨진 구겨진 그 이불이 수상한 이유는, 셀 수도 없는 수많은 사람의 바보 같은 눈물과 서러운 체액들이 묻었다가 스미고 빨래로 널리고 허옇게 마르고, 하여 지긋지긋, 착색되었기 때문이다. 모텔 방은 잔인하다. 따뜻한 가정집이라면 불구덩이에 던져 넣었을 그 사연 많은 이불을 계속 빨아 다시 쓴다. 일상은 점점 찌들어 급기야 존재는 너덜너덜한 그림자가된다. 그림자들은 '맛없는 주스를 가방에 챙'긴다. 우리 모두는 때로 그렇게 구차하게 챙기며 산다.

「수상한 이불」이라는 12마디의 마이너 블루스는 그 장면에서 단편영화처럼 끝난다. 이것은 일종의 고해성사이기도 하고, 동시에 수사 기록이기도 하다. 비참한 잡범들이 등장하는 장르물, 고해성사와 내면 일기, 다큐멘터리가 겹쳐 있다.

김대중은 참, 사는 거 보면 꼭 그렇지도 않은 것 같은데, 노래에는 군더더기가 하나도 없다. 담백한 충청도 김치 맛이라고나 할까.

노랫말을 텍스트로 적어놓고 들여다보니 그 모양이 꼭 시조 같다. 시조의 전통이 시조 시인들에게도 이어져 있지만, 블루스 뮤지션에게 너무나 명쾌하게 이어져 있다는 것이 신기하다. 김대중의 마이너 블루스는 뽕짝이기도 하다. 나아가 타령이기도 하지만. 이렇게 김대중은 노래 하나로 역사 속 여러 구슬들을 꿴다.

사실 블루스와 시조는 공통점이 많다. 블루스는 12마디 3줄 구성(AAB 구조), 시조는 초장, 중장, 종장의 3장 구성이다. 서양 노래는 16마디 4줄 구성이 기본인데, 블루스는 1줄을 빼먹은 구성이다. 한시가 절구 즉 4줄짜리를 기본으로 하고 있지만 시조는 1줄 빠진 3줄을 기본으로 하고 있다. 사실 12마디 블루스나 초중종장의 시조는 불완전한 형식을 지니고 있다. 기승전결에서 결을 빼먹은 미완성의 구조, 불안정한 구조다. 왜 그랬을까? 결론은 내서 뭐하니. 사는 게 다 그렇지, 뭐. 누가 알아, 어떻게 될지.

미국 남부 지역을 떠돌던 흑인들이 형식화한 블루스는 전통적으로 말로 다 할 수 없는 이야기를 꼭 해야만 하는 1인칭 시점의 이야기다. 남의 애인과 자고 뒷문으로 나오는 남자, 살인 누명을 쓴 사람, 발에 쇠고랑을 차고 줄줄이 엮여서 도로를 닦고 있는 장기수, 앞 못 보는 장님…… 그런 사람들의 이야기 중에서도 12마디의 단순하고 강렬한 구조 속에서 살아남은 것들만 블루스의 역사를 수놓고 있다.

블루스는 한의 탑이자 설움의 강물이다. 12마디 블루스 형식으로 응축된 흑인들의 한이 블루노트라는 특유의 미분음으로 터져 나온다. 근대 이후 가장 파란만장한 문화적, 역사적 여행을 한 사람들은 아프리카 사람들이다. 맹수와 놀고 기름진 곡식을 쟁여놓던 신화의 주인공들이 하루아침에 잔혹한 백인 지배자의 노예가 되어 유럽과 신대륙으로 팔려 갔다. 그들은 문자 그대로 '몸' 자체가 식민화됐다. 백인들은 자기들의 예술 역사가 가장 잘났다고 생각하겠지만 그 이면에는 피식민 민중의 고혈을 짜내어 만든 물감과 캔버스와 상아 건반이 있다. 백인들의 화려한 예술사가 근대를 수놓는 동안 흑인들은 살과 뼈를 그 제단에 바쳤다.

그러나 그 누구도 모든 것을 빼앗을 수는 없다. 말도 몸도 목숨도 빼앗긴 흑인들이 빼앗기지 않은 것이 있었으니 그것은 리듬과 음계였다. 이것들은 눈에 보이는 하드웨어가 아니니 백인들이 빼앗아 갈 수가 없었다. DNA에 새겨진 그것들은 몰래몰래 세대에서 세대로 전파되었다.

블루스는 수백 년에 걸친 흑인들의 디아스포라를 비가시적인 소프트웨어로 응축한 문화적 핵이다. 20세기의 음악사는 블루스가 전 세계로 유포되는 역사에 지나지 않는다. 백인들은 하드웨어로 전 세계를 지배하고 있다고 생각하지만, 천만의 말씀. 가장 처절한 문화적 여행을 한 흑인들의 문화가 금강석처럼 단단하게 결정화되어 그 하드웨어 안에 저장된다. 블루스는 물론 백의민족에게도 전수되었다. 우리가 블루스를 받아들인 역사는 또 어떤가. 매우 착잡하고 블루스스러운, 기지촌과 미8군 무대의 서러운 사연들을 어떻게 필설로 다하랴.

김대중은 일제 말기에 지어진 한국 최초의 블루스 「다방의 푸른 꿈」(김해송 작곡, 이난영 노래) 이래로 시작된 한국의 블루스 수용사에서 독보적인 이정표를 세웠다. 흑인들의 1인칭을 우리 언어의 1인칭과 오버랩 또는 몽타주시켰다는 점이다. 김대중의 마이너 블루스는 블루스이면서 시조, 뽕짝이고 타령이다. 노래 하나로 역사 속 여러 구슬들이 꿰여 있다. 블루스 같은 보편적인 장르에서 이만한 신선함을 성취한 뮤지션은 세계 어디에서도 찾아보기가 쉽지 않다.

시간은 간다

작사 이주현 / **작곡** 박종현 / **노래** 갤럭시 익스프레스

날 것 같았던 그때
날 것 같았던 그때
날 것 같았던 그때

가보자 노래를 부르며
눈을 감고서 떠나보자

하늘을 날 것 같았던 그때
하늘을 날 것 같았던 그때

안타깝지만 시간은 간다
안타깝지만 시간은 간다

같이 가자고 모두 다 같이 춤추며
함께 손을 잡고서 떠나보자

저 파도치는 바닷가에 모여 불을 피워놓고
저 하늘 위로 구름 따라 별 따라 가보자

하늘을 날 것 같았던 그때
하늘을 날 것 같았던 그때

안타깝지만 시간은 간다
안타깝지만 시간은 간다

노래는 허공에 거는 덧없는 주문

「시간은 간다」를 들으며 기명신을 추억함

M. 이제 너는 어디에도 없다. 『Walking on Empty』. 작년에 발매된 이 멋진 앨범은 네가 갤럭시 익스프레스와 함께한 마지막 앨범이 되고 말았다. 앨범 제목처럼 너는 허공을 걸었다. 어느 물의 난간에서 몸을 던졌다. 너의 발밑에는 바람뿐이었고 일순 너는 자유로웠다. 안타깝게도 그 찰나의 절대적인 자유를 몸은 감당하지 못한다. 몸은 무거워 아래로 향하고 물에 닿았다. 너는 그렇게 몸의 거추장스러움을 벗어던졌고 가벼워진 영혼은 끝내 하늘을 날게 되었다.

지난주, 온 인디 음악 신이 슬픔에 빠졌다.* 검은 진에 검은 가죽 재킷을 입고 무대에서 활화산을 뿜던 갤럭시 친구들은 검은 양복에 검은 넥타이를 하고 누런 삼베 완장을 찬 모습으로 문상객들을 맞았다. 기타와 베이스와 드럼 스틱을 잡고 숨 가쁘게 리듬을 쫓던 이른바 '탈진 록'의 주인공, 이 3인조 록밴드 멤버들의 손은 다소곳이 모아져 있었다. 그 예의 바름이 슬펐다. 같은 러브락컴퍼니 소속 친구들을 비롯한 절친했던 뮤지션과 기획자들이 상주 노릇을 했다. 너의 장례식에서 한국 인디 록은 유족들과 더불어 상주였다. 돌아보니 한국 인디 록이 너의 가족이었다. 너의 모든 것이었다.

너를 보내기 위해 인디 뮤지션, 기획자들이 모두 모여 애도했다. 나 역시 이틀 밤을 너의 빈소에서 향과 소주 냄새와 함께했다. 한 친구가 말했다. '잘 살았네.' 이 사람들이 이틀간 공연을 했다면 그건 성대한 록페스티벌이었다. 진짜 다들 모인 걸 보면 길지 않은 시간이었지만 네가 헛살지는 않았구나 싶었다. 수많은 공연을 기획하면서 그렇게 여러 군데로 전화하며 관객들을 모으더니 이번에는 우리 친구들을 모두 모았구나. 애썼다. 고맙다.

---

* 2016년 3월, 록밴드 '갤럭시 익스프레스'(이하 '갤럭시')가 소속된 인디 록밴드 전문기획사 러브락컴퍼니의 기명신 대표가 세상을 떠났다.

빈소로 오며 가며 내내 머릿속에서 맴돌던 노래가 하나 있었다. 갤럭시의 「시간은 간다」. 네가 그토록 애써서 세상에 나오게 한 갤럭시의 4집 『Walking on Empty』의 두 번째 트랙이다. BPM 89 정도 되는, 살짝 느린 템포의 편안하고 아름다운 록발라드인 이 노래의 후렴 부분을 하루 종일 반복해서 중얼거렸던 것 같다.

안타깝지만 시간은 간다

그래. 시간은 간다. 시간은 머물지 않는다. 시간이 왔다. 너는 떠나고 시간은 다시 간다.

날 것 같았던 그때

이 노래는 이렇게 시작한다. E플랫-A플랫, 딱 두 코드가 메인으로 계속 반복된다. 1도-4도. 다운 튜닝을 해서 짚으면 E-A의 반복이 되겠지? 가장 록적이고, 가장 심플하고, 가장 날것이다. 가사도 참 쉽다. 누가 이 말들을 모르랴. 그런데 자세히 들여다보면 그렇게 단순한 것만은 아니다. 날아올랐다, 가 아니라 '날 것 같았'다. 날 줄 알았는데 날지 못했다. 시간의 태양은 다이달로스가 만든 날개의 밀랍을 녹여 이카로스를 추락시킨다. 확실한 건 '날 것 같았던' 때가 있었다는 것뿐이다. 행복했던 꿈의 순간일 뿐이다. 그때를 떠올리려고 눈을 감는다. 그리고 노래를 부르는 수밖에 없다.

가보자 노래를 부르며
눈을 감고서 떠나보자

그것이 노래의 본질이다. 노래가 유일한 방법이다. 노래는 날 것 같았던 그때, 산 것들에게는 한 번도 와주지 않을 그 시간으로 들어가는 문이다. 그때는 눈을 감아야 한다. 그리고 반드시 크게 들을 것. 뒤돌아보지도, 심지어 앞을 보지도 말아야 한다. 보이는 것은 '같았던'의 세계일 뿐이다. 노래는 그 헛된 바람의 세계에서 목숨 가진 것들이 꿈꾸는 궁극의 비상을 어렴풋이 그려준다. 그러나 그 시간은 노래라는 폐쇄 회로 속에서만 잠시 그림자를 보여주고, 다시,

안타깝지만 시간은 간다.

인디신의 뮤지션들에게는 정말 안타까운 시간이 흐르고 있다. 헬조선의 시간은 우리 편이 아닌 것 같다. 인디 음악이 홍대 주변의 땅값을 얼마나 올렸니. 그런데 점점 홍대에서 인디의 설 자리

는 없어진다. 인디는 이런 월세를 감당하기 힘들다. 문화가 가치를 만들어내는데 정작 약삭빠른 돈의 가치는 문화를 내쫓는다. 도둑놈들. 그래도 우리는 노래할 거다. 우리는 '파도치는 바닷가'에 있다. 우리는 '불을 피워놓고', '별 따라 가보자'고 노래할 거다. 파도는 모래밭에 찍힌 노래와 춤의 발자국을 지울 것이다. 비극적이다. 노래는 신화의 영역에 혀뿌리를 담그고 있고, 모든 신화적인 앎은 비극을 품고 있다. 그러나 노래하는 이는 담담하다. 울며불며 가는 시간을 쫓아가지 않는다. 그냥 보내준다. 달리 방법이 없다. 이 노래의 중간에는 거의 공백 또는 묵념에 가까운, 무려 열여섯 마디의 E플랫 근음만 치는 묵직하고 담담한 베이스 솔로가 있다. 둥둥 둥둥…… 이 말없는 대목에서 시간은 시간마저 지운다. 검은 우주의 주인공 블랙홀이 하늘에서 주린 입을 벌리고 있다.

없는 사람이 있다. 있던 사람이 없어진다. 그래. 갤럭시를 통해 배운다. 시간은 간다. 소리는 시간이다.

노래는 시간이다. 시간은 가고 노래는 끝난다. M. 너는 마흔셋 한평생에 그토록 많은 사람들을 태우고 다녔다. 서울에서 인천으로, 부산으로, 제주도로, 철원 DMZ로, 텍사스의 오스틴으로, 사막으로, 댈러스로, 캘리포니아의 바닷가로, 샌프란시스코로, 숲으로, 뉴욕의 맨해튼으로, 도시 속으로, 러시아의 블라디보스토크로, 황무지로, 영국 리버풀로 모든 아이들을 태우고 다녔다. 그렇게 시간은 길 위에서 흘렀다.

　너는 어디로든 다녔다. 너는 길 위에 있었다. 길이 너의 일터였다. 길 찾기가 너의 일이었다. 그러던 네가 이제 운전대에서 손을 놓았다. 너는 드디어 도착했다. 너의 살과 뼈는 타올랐다. 시간은 모든 것을 태운다. 태워 재로 만들어놓고 다시 태워 데려간다.

　잘 쉬고 있니? 거기에도 음악이 있니? 이승에 묶인 우리는 '날것 같았던 그때'라고 노래하지만 너의 영혼은 이제 우주를 날아다니겠지. 자유롭게. 우리는 '가보자'라고 노래하지만 너는 가 있고, '눈을 감고 떠나보자'고 노래하는 동안 너는 눈을 감았다. 어쩌면 음악은 거기에서 완성될지도 모르겠다. 노래는 허공에 거는 덧없는 주문인가 보다.

　M. 은하 급행열차를 타고 떠난 너는 이젠 어디로든 갈 수 있다. 검은 우주 속 어디로든. 이제 너는 어디에도 있다.

행복한 사람

작사·곡 조동진 / **노래** 조동진

울고 있나요 당신은 울고 있나요
아아 그러나 당신은 행복한 사람
아직도 남은 별 찾을 수 있는
그렇게 아름다운 두 눈이 있으니

외로운가요 당신은 외로운가요
아아 그러나 당신은 행복한 사람
아직도 바람결 느낄 수 있는
그렇게 아름다운 그 마음 있으니

눈물, 그리고 침묵에서 망각으로

뮤지션 조동진을 보내며

부음

부음 문자를 받았다. 이원 시인에게서였다.

'부고. 조동진 님께서 2017년 8월 28일 새벽 3시 43분에 별세하셨습니다. 장소 — 일산병원 장례식장 9호실. 발인 — 2017년 8월 30일 07시'

아…… 나도 모르게 짧은 탄식이 나왔다. 바로 며칠 전 공연 초대를 받았었다. 역시 이원 시인에게서. 부음 문자 이전 문자들이 눈에 들어왔다.

'선배님 원고 보내셨다 들었어요. 바쁜데 감사드려요. 9월 16일

토 7시 한전아트센터에서 조동진 공연 오실 수 있으셔요? 초대권 준비해 두려고요'

'두 명이 가능하면 성기완, 씨없는 수박 김대중 그렇게 해주세요^^'

뮤지션 조동진은 그렇게 마지막으로 예정된 공연을 하지 못하고 떠났다. 그 며칠 전에는 이원 시인에게서 더 긴 문자를 받았었다.

'조동진의 음반 세트가 제작 중에 있는데 (…) 북클릿에 음반별 평은 음악평론가들이 쓰는데요. 시기별로 나누어 1, 2집 / 3, 4집 / 5, 6집에 글쟁이들 글을 넣기로 하였어요. 1, 2집은 나희덕 선배가 쓰기로 했고 3, 4집 / 5, 6집 중 한 시기를 써주실 수 있을까 하여서요. 선배님이 선택하고 남은 시기를 제가 쓰게 되고요. 원고 매수는 15~20매……'

조동진 선생이 암 판정을 받으셔서 조금 서둘러 일을 진행한다고도 했다. 그리하여 나는 3, 4집을 맡아 글을 쓰게 되었고, 그것이 바로 이 글이다. 이 글 앞에, 1집에 실려서 쓰지 않았던 노래 「행복한 사람」의 가사에 관한 글을 덧붙인다.

눈물

조동진의 음악은 눈물에서 시작한다. 1972년 이장희에게 곡을 주는 것을 시작으로 남에게 곡을 주는 작사 · 작곡가의 역할을

1970년대 내내 묵묵히 해오던 그가 드디어 1979년에 발매한 첫 앨범 첫 곡이 「행복한 사람」이다. 그 첫 가사가 '울고 있나요?'라는 의문문이다.

한국적 히피 정서가 온몸에 배었을 그가 음악을 시작한 시기는 얄궂게도 1970년대가 끝나는 때였다. 1970년대 내내 남한 젊은이들의 자유를 향한 열망과 정반대되는 지점에 있음으로 해서 오히려 그것과 떼려야 뗄 수 없는 인간이 되어버린 박정희가 심복의 총을 맞고 죽은 것이 1979년이었는데, 이 앨범은 아직 박정희가 살아 있던 그해 봄에 발매되었다.

눈물은, 뭐랄까, 우리 현대사를 압축하는 한 단어일 수도 있다. 무엇 때문에라도 우리는 계속 울었다. 모든 것은 눈물로 귀결되었고 또 그다음의 모든 것이 눈물에서부터 나왔다. 그건 독재자 박정희에게도 마찬가지였다. 눈물을 거두기 위해 그는 근대화를 택했다. 빈곤과 무력의 눈물을 경제개발 5개년계획이라는 전체주의적 천민자본주의 드라이브로 씻어내려 했다. 그 과정에서 또 수많은 눈물이 뿌려졌다. 그는 민주주의를 원하는 눈물을 외면함으로써 일제강점기의 억압적 정치 국면을 반복했다. 근대화를 해보려는 강력한 의지는 역설적으로 일제시대로의 회귀 비슷한 정치 상황을 낳았다. 사람들은 잡혀갔고 쥐도 새도 모르게 죽어갔다. 그리고 조동진은 조용히 묻는다.

'울고 있나요?'

  물론 조동진의 물음이 집단적·정치경제적 관점을 취한 것은 아닐 것이다. 그러나 노래 가사는 언제나 그렇듯 그 개인적이고 사소한 1인칭, 2인칭을 집단화하는 마력을 지닌다. 이 노래도 마찬가지다. 자기 앞에 있는 여인에게 물었을 수도 있는 이 의문문을 듣는 이는 순간적으로 그 언어를 쓰는 전체 언어 집단의 '당신'으로 확장된다. 순간적이고 개인적인 일상사의 한 단면을 읊은 가사는 멜로디에 깃듦으로써 우리 모두에게 건네는 발화 행위(enonciation)가 되는 것이다.

  조동진의 관점은, 처음부터 '위로'였지 않나 싶다. 스스로에 대한, 우리 모두에 대한. 울고 있느냐는 이 근본적인 질문은, 아아, 라는 느낌의 심연을 거쳐, '행복한 사람'으로 질적 변화를 일으킨다. 바그너의 '변용(Transfiguration)'이 언뜻 떠오른다. 예를 들어 트리스탄과 이졸데의 사랑은 자칫하다간 치졸한 간통 사건으로 끝나버릴 수도 있었지만 '죽음'이라는 결정적인 관문을 통과하며 정화되고 성스러워진다. 눈물을 통과한 것이다. 그러면 별이 된다. 어느 여인의 눈이 그토록 아름다웠기에, 조동진은 그 눈물에서 별을 봤을까? 별의 시인은 윤동주다. 그는 별을 바람에 스치우게 함으로써 별에다가 민족의 아픔을 기댔다. 조동진에게 별은 눈물이다. 눈물이 별인 것처럼. 별이 되었으니, 행복은 저절로 따라온다.

실은 '불행한 사람'의 다른 이름이 '행복한 사람'이다.

침묵

나 이제 묻지 않겠네 바람이 어디서 오는지
나 이제 묻지 않겠네 강물이 어디로 가는지

(「그대와 나 지금 여기에」)

1985년이면 내가 대학에 떨어져서 재수할 때다. 겨울로 기억된
다. 〈황인용의 영팝스〉였나, 무슨 프로그램이었는지는 가물가물한
데 FM 라디오의 음악 프로그램에서 새 앨범을 낸 조동진을 게스
트로 모셨다. 생각보다 활달하게 대화를 이어간 조동진은 진행자
와 인사를 나누고 마지막 노래로 「그대와 나 지금 여기에」를 불렀
다. 30년도 더 된 일인데 지금도 그날 저녁 카세트라디오의 스피
커를 통해 울려 나오던 그 목소리가 또렷하게 들리는 듯하다. 직
접 기타를 치며 부른 이 노래는 3집 『조동진3』에 실린 스튜디오
버전보다 조금 빨랐고 더 힘찼다. 나는 방송이 끝난 후에도 한참
동안 멍하니 이 노래를 곱씹었다. 이 충격은 뭘까. 그저 묻지 않겠
다는 건데 그게 왜 그렇게 대단하게 느껴질까. 열아홉 살의 나는
처음으로 노래가 언어의 세계에서 빠져나가는 것을 느꼈다. 말의
허상이 무너져 내리는 것을 보았다. 단순한 가사였지만 그 무너짐

은 한순간에 이루어졌다. 이 노래는 침묵의 노래였다.

사실 노래는 침묵의 한 존재 방식이다. 노래한다는 것은 말하지 않겠다는 결심의 표현이다. 노랫말 없는 노래가 없으니 노래를 말의 친구라고 생각하기 쉽지만 오산이다. 노래는 반대로 말에 저항한다. 말의 쓰임은 계약서에서 가장 명확하게 드러난다. 말은 발언을 통해 결정하고 규정하고 제한한다. 그러나 노랫말은 아무것도 결정하지 않고 아무것도 규정짓지 않고 그대로 놔둔다. 가령 밥 딜런이 '친구여, 대답은 바람에게 들으시오(The answer, my friend, is blowing in the wind)'라고 노래할 때 그것은 엄밀한 의미에서는 대답의 거부다. 침묵은 노래의 가장 적극적인 실천 방식 중의 하나다. 노래는 그렇게 말의 진부함을 뚫고 존재의 심연에 있는 어떤 울림에 도달하게 된다.

조동진에게 노래는 침묵의 표현이다. 우리나라에서 그만큼 이 방면의 실천을 역설적이지만 적극적으로 해온 뮤지션도 없을 것이다. 침묵은 나무의 생활 방식이다. 식물성의 실천이다. 일찍이 그는 노래로 그 삶의 방식을 보여주었다. 3집 재킷을 보면 윤곽이 다 지워진 흐릿한 공간에 서 있는지 걸어가는지 모를 조동진이 있다. 그는 나무다. 떨어진 제비꽃 꽃잎을 보는지 안 보는지 모른다. 그렇게 말없이 있다.

형

나무를 보라 어둠 속 깊은 곳
나무를 보라 홀로 잠기는 뿌리를

(「나무를 보라」)

묵묵히 노래하는 조동진에게서 형의 기운이 느껴진다. 감당할 수 없는 것을 감당해야 했는지 모른다. 슬픔을 감추고 동생들을 보살펴야 했을 수도 있다. 조용하고 자상하지만 엄하기도 한 형. 형은 왠지 말이 없다. 형은 큰 나무다. 어둠 속 깊은 곳에 뿌리를 뻗고 있다. 땅속 어디까지 그 뿌리가 내려가 있는지 모른다. 그렇게 있다.

「나무를 보라」에서 조동진은 리듬과 코드 변화를 아주 절제한다. 리듬은 처음부터 끝까지 하나고, 첫 두 마디 '나무를 보라'에서의 베이스는 다른 악기들의 변화에도 불구하고 근음인 '솔(G)'에 굳건히 머무르고 있다. 목소리의 화음과 기타, 키보드의 연주는 '눈부신 잎사귀'(「나무를 보라」)처럼 화사하고 예쁘다. 그렇게 동생들을 뛰놀게 하지만 베이스는 리듬의 변화를 쫓아가지도 않고 처음부터 끝까지 첫 박자에 근음만을 치고 있다. 베이스는 큰형이다. 조동진은 베이스 연주하듯 큰 굴곡들 없이 담담하게 노래한다. '허망한 흔들림'(「끝이 없는 바람」)이 있었을 것이다. 그러나 형은 흔들리지 않는다. '빛과 어두움, 사랑과 미움'(「나무를 보라」)을 거두어들이고 안으로 삭이고 좀처럼 흥분하지 않는 목소리다. '저기 물보다 깊은 곳에서 낮은 소리로'(「끝이 없는 바람」) 울려오는 목소리다. 물론 개인사적으로는 조동진에게 형이 계셨던 것으로 알고 있다. 그러나 왠지 그 목소리에서는 형님이 느껴진다. 그의 목소리는 과묵한 형님의 그것이다.

지금 여기

그래 나는 여기
여기 남아 있기로 했다

(「일요일 아침」)

5년이 흐른 후, 1990년에 발매한 4집의 느낌은 3집과 조금 다르다. 3집이 알 길 없는 깊이를 지니고 있다면 4집은 더 구체적이다. 첫 곡 「일요일 아침」은 기념비적인 일상의 찬가다. 나지막하고 소박하지만 장엄한 팡파르라고 할 수 있다. 느리게 가는 사람들을 위한 행진곡이다. 그동안 마음이 찢겨 쉴 겨를도 없었는데 드디어 휴일이 된 것이다. 평화의 상징인 '비둘기'로 시작한 노래는 '버려진 우리의 꿈'을 아프게 돌아보는 것에서 머물지 않고 '여기 남기로 했다'는 결심을 밝히는 것으로 나아간다. 조동진은 '다시 꿈을 갖기로 했다'고 일기처럼 고백한다. 아마도 그 에너지가 4집을 가능하게 했을 것이다. 살아 있는 나무는 침묵 속에서 한순간도 '지금-여기'를 떠난 적이 없었다. 조동진의 세대는 '이민'을 가장 많이 생각한 세대일지도 모른다. 그들은 헬조선의 갖은 고통을 다 겪었다. 많은 이들이 새 꿈을 찾아 다른 나라로 떠났다. 그러나 조동진은 남았다. 여기서, 지금-여기서, 새 꿈을 일구기로 했다. 트럼펫을 연상시키는 신시사이저가 직선적이고 남성적인 장조의 선율을 울리며 노래는 사라진다.

조동진의 4집 앨범은 「일요일 아침」에서 시작해서 「항해」로 끝을 맺는다. 「항해」는 80년대 운동가요 느낌마저 준다. 피아노가 결연하게 마치 지휘하듯 네 박자를 두드리는 「항해」에서 조동진이라는 나무는 저 깊은 곳에 숨기고 있던 고통과 기쁨의 정체를 비로소 조금 보여준다. '이제 더 잃을 것도 없는 고난의 밤은 지나고' 우리는 '오랜 항해 끝에 찾은 상처 입은 우리의 자유'를 비로소 누리기 시작한 것이다. 이렇게 직접적으로 정치적 상황과 연결된 가사는 조동진의 노래들에서는 드물게 보인다. 분명히 이 앨범은 한국 사회의 민주화와 관계가 있다. 1987년 6월 항쟁으로 쟁취한 승리가 앨범에 뿌린 향기라고 할 수 있다. 조동진이라는 나무는 '그대와 나 지금 여기에 하늘과 땅 함께 있으니'(「그대와 나 지금 여기에」)라고 노래했다. 그는 한순간도 '자유'를 잊은 적이 없기에 그

승리의 순간 역시 기쁘고 황홀하게 지켜본다.

망각

> 물을 보며 나는 잊었네
> 내가 여기 있는 것까지도 잊었네

(「물을 보며」)

이제 마흔셋의 나무는 제 뿌리의 근원을 적시는 생명과 죽음의 원천, 물의 세계로 진입한다. 그는 강물을 '거슬러' 간다. 시간을 거슬러 시간의 근원으로 간다. 물방울을 연상시키는 조동익의 베이스 하모닉스와 흐르는 액체 같은 이병우의 기타가 '물이 시작되는 그 깊은 계곡'에 이르는 조동진의 발걸음을 호위하고 재현한다. 꽃잎이 날아다니는 그 시작 지점에는 뭐가 있을까, 라는 질문은 어리석다. 이미 가는 동안 도달하기 때문이다. 가는 동안 잊기 때문이다. 거슬러 올라가는 동안 '걸어왔던 길까지도' 잊는다. 이렇게 조동진은 식물성에서 물로 가는 여정을 시작했음을 알린다.

허공

작사 정욱 / **작곡** 정풍송 / **노래** 조용필

꿈이었다고 생각하기엔
너무나도 아쉬움 남아
가슴 태우며 기다리기엔
너무나도 멀어진 그대
사랑했던 마음도 미워했던 마음도
허공 속에 묻어야만 될 슬픈 옛이야기
스쳐버린 그날들 잊어야 할 그날들
허공 속에 묻힐 그날들

잊는다고 생각하기엔
너무나도 미련이 남아
돌아선 마음 달래보기엔
너무나도 멀어진 그대
설레이던 마음도 기다리던 마음도
허공 속에 묻어야만 될 슬픈 옛이야기
스쳐버린 그 약속 잊어야 할 그 약속
허공 속에 묻힐 그 약속

음악은 허공의 수묵화
「허공」과 말라르메와 존 케이지

언뜻, 잠깐이다. 새벽잠의 호수는 빠끔, 열린 창으로 들어오는 바람에 살얼음져 있다. 언 귀가 얼얼하다. 그때 갑자기 멜로디는 찾아온다. 머뭇, 멜로디가 생성되는 그 해구는 매우 깊다. 그 안을 언뜻, 머뭇, 바라보면, 어지럽다. 너무 깊고, 너무 우주다. 언뜻. 뜻이 얼어 있다. 체감온도 영하 55도에서 물티슈는 고체다. 언뜻, 그런 변화들. 그때 열리는 허공. 압도적인 허공의 개방성, 우연, 자유, 말라르메와 '주사위 던지기(un coup de dés)', 한 번 던지기, 빈 종이의 불안. 완벽한 표현은 말을 허락하지 않는다. 뜻의 드나듦을 제한한다. 아니, 더 정확히 말하면 모든 뜻이 드나들게 하여 무력화한다. 뜻만으로는 부족하다. 허공은 노래한다. 매달리지 말라고, 침묵하라고, 그냥 쥐버리라고.

눈길이 구름 끝에 가닿는다. 움직이며 흩어진다. 자, 이 '흩어지는 움직임'을, '허공'을 어떻게 표현할까. 허공 속에 대상을 넣는 일 말고, 그냥 허공 그 자체를 그려내는 일. 사람들은 허공 속에 머문 몸을 그리지만 실은 허공이 몸을 지니고 있다. 허공이라는 몸. 가시적인 미디어로는 그것을 표현할 수 없다. 허공의 육체성. 소리가 그 몸을 만진다. 소리는 허공의 날갯짓이다. 공중 부양한 주사위의 자유. 여유, 덧없음. 운명의 자유. 결정되지 않은 모든 것들의 가벼움. 노래. 노래의 목숨. 뭔지 알겠는데, 잠깐 머뭇거리자. 머뭇머뭇머뭇머뭇…… 잽싸게 개념화하지 말고, 놔둬보자. 듣자. 들어보자고. 제발. 좀. 듣자. 눈을 치우듯 개념을 비질하면 드러나는 얼어버린 발자국을 따라가봐야지. 여백을 마련해 그 사이로 소리들이 들어오게 해야지. 알겠는데, 눈을 감고 모른 체하는 게 우선이다. 그 동면 비슷한 외면을 통해 '무심함'이 김처럼 서리고, 글씨는 거기다 쓰는 거다. 창문에 서린 김 위에 낙서하듯. 글은 그런 것이다. 글을 믿지 마라. 마음과 머리 사이에 존재하는 0.01초의 간극, 관상동맥 어딘가에 살짝 끼워져 있는 비늘의 통로를 통해, 그 비늘이 암시하는 시간으로 내려가보자. 어류인 인류. 어류로 환생해보자고. 물고기의 노래를 들어보자고. 물고기는 귀에 더해 측선이라는 또 다른 귀가 있다. 어류는 액체 속에서 살고 사람은 기체 속에서 산다. 인류는 귀로 듣고 어류는 몸으로 듣는다. 사람은 공기의 진동을 느끼고 물고기는 물의 스침을 느낀다. 물고기의 몸-귀가 진화-분화해서 지금 우리의 동그란 귀가 되었다. 귀 속에 북이 있다. 따라내려가면, 세월을 거슬러 아주 멀리 수억 년을 따라내려가면, 귀 속의 북은 나의 피부에 드러나 있었다. 몸이 북이었고 몸이 귀였다. 거기까지 내려가보자. '듣기'라는 행위는 사람을 늘 그 시절까지 끌고 내려간다. 고체 상태의 물티슈를 다시 사용하려면 언뜻, 기다려야 한다. 깊이 내려가면 따뜻해진다. 거기까지 내려가기 위해서, 다시 한번, 듣자. 듣는다.

「허공」은 가왕 조용필이 불렀고 「4분 33초」라는 공백은 존 케이지가 마련했다. 케이지는 말라르메의 후예. 그가 서양음악의 질문 형식을 바꿔놓았다. 50년 전쯤의 일이다. 그는 '너 「4분 33초」라는 음악 들어봤어?'라는 질문을 무력화한다. 아무도 듣지 못했지만 어디에서도 들을 수 있다. 그러므로 '너 들었니?'라는 질문은 쓰레기통에 내던져진다. 대신 새로운 질문이 솟아오른다.

너 거기 있었니?

너 거기 있었니? 그래. 존재 증명에서 현존의 알리바이로. 겨우,

알리바이로. 원래의 음악 상태로 돌아간다. 물고기가 들던 음악은 그것이었다. 존 케이지는 마침표를 찍었지만 그 마침표는 그들의 마침표. 말라르메가 백지를 노래하는 절대적 우연의 세계를 열었지만 그것은 그들의 백지. 우리에겐 예전부터 그런 경지가 있었다. 예술은 당신의 현존을 건드리는 무엇이어왔다. 우리에게는 말이다. 음악은 현존의 알리바이다. 더 정확히 말할까? 음악은 허공의 수묵화, 허공의 알리바이다.

「허공」의 장본인 조용필의 목소리에는 피가 묻어 있다. 성대에 각인된 상처, 상처의 반복. 가왕의 성대 속으로 들어가본다. 가시가 돋쳐 있다. 숨소리가 가시덤불을 빠져나오며 깨진 거울 조각들로 변환된다. 성대에 아가미 상태의 결이 나 있다. 어류로 거슬러 올라가 있다. 그 상태로 공기를 조절한다. 목소리는 고래의 등에서 용솟음치는 소금물 같은 피를 뿌리며,

허공 속에 묻힐 그날들

그렇게 절정의 부분을 노래하고, 자신이 노래한 바로 그 허공으로 사라져버린다. 간주로 넘어간다. 그사이에 가왕은 고개를 숙인 채, 누가 볼까 봐, 겸손하고 신중한 동작으로 피를 쓱 닦는다. 나는 왠

지 스무 살 때 읽었던 폴 발레리 소네트의 마지막 구절로 달려간다.

> 포도주는 사라지고 물결은 취해 일렁인다!
> 나는 보았네 씁쓸한 허공 속에서
> 가장 심오한 형상들이 파도처럼 뛰노는 것을

다시는 돌아갈 수 없는 시간들.

머뭇, 꿈이다. 오래전 하던 밴드에서 드럼 치던 멤버를 꿈에 봤다. 웃고 있었다. 씁쓸히. 사랑의 시간이 미움의 늪으로 변하는 것을 함께 목격했다. 견디기는 힘들었다. 바닥을 치는 순간에 부력은 찾아온다. 그때 폐에 공기를 넣으면 떠오르기 시작한다. 따뜻한 포옹은 꿈의 뒤뜰에서. 신비로운 아침노을은 어린 시절의 시원한 마루에서. 언뜻, 눈을 뜨니 허공에 떠다니는 피의 안개. 아침노을. 반지처럼 영원한 약속이 있었다. 이가 나간 그릇이 아무것도 담지 않고 그저 담담히, 있다. 놓여 있다. 침묵 속에서, 허공을 담고 앉아 있다. 깨진 그릇은 버려진 약속을 지키고 있다.

시간이 이처럼 고조되었다가 잦아들었다가 언뜻 자유롭게 흐를 때, 소리는 있어야 하는, 와야 하는 것들을 따라가다가 갑자기 이탈하여 외침과 떨림의 덩어리로 눈덩이처럼 굴러가다가 바람처럼 흐르다가 다시 있어야 하는, 와야 하는 것들 사이로, 마치 숲에서

길을 잃었다가 다시 이정표로 돌아오듯, 그렇게 흐른다.

문득, 허공이다. 바람이 분다. 노래방에나 갈까.

가시나무

작사·곡 하덕규 / **노래** 시인과 촌장

내 속엔 내가 너무도 많아
당신의 쉴 곳 없네
내 속엔 헛된 바램들로
당신의 편할 곳 없네

내 속엔 내가 어쩔 수 없는 어둠
당신의 쉴 자리를 뺏고
내 속엔 내가 이길 수 없는 슬픔
무성한 가시나무 숲 같네

바람만 불면 그 메마른 가지
서로 부대끼며 울어대고
쉴 곳을 찾아 지쳐 날아온
어린 새들도 가시에 찔려 날아가고
바람만 불면 외롭고 또 괴로워
슬픈 노래를 부르던 날이 많았는데

내 속엔 내가 너무도 많아서
당신의 쉴 곳 없네

내면의 목소리를 듣다
어둠과 슬픔은 내면의 몫

한국 싱어송라이터의 계보에서 누락할 수 없는 뮤지션 가운데 한 사람이 하덕규다. 그가 꾸리던 그룹 시인과 촌장의 1집 『시인과 촌장』이 발매된 것은 1981년이다. 당시 시인과 촌장은 하덕규와 오종수의 듀엣이었다. 그 후 당대의 가장 중요한 모음집이라 할 수 있는 『우리노래전시회』 1집(1984)에 「비둘기에게」가 실림으로써 대중의 귓전에 다가온 시인과 촌장은 하덕규와 기타리스트 함춘호의 듀엣으로 라인업을 재정비한 뒤 1986년에 그들의 대표작이라 할 기념비적인 2집 『푸른 돛』을 발매한다. 6월 항쟁이 나라를 한 번 들었다 내려놓은 후, 1988년에 3집 『숲』이 발매되는데, 2집이 일상적인 스케치에 가깝다면 3집은 내면 일기에 가깝다. 이 앨범들에서 하덕규의 음악적 전망은 거의 완성 단계에 놓인다고 해도 좋다.

한마디로 그는 광장의 시대인 1980년대에 내면의 목소리에 귀를 기울인 사람이다. 세상은 시끄러웠다. 독재자의 폭력이 서슬 퍼렇게 일상을 지배하고 있었다. 감정이 북받쳐서 우는 날보다 최루탄 연기가 매워서 눈물을 흘리는 날이 압도적으로 많았다. 나처럼 겁 많은 보통 학생들의 마음은 11월처럼 스산했다. 분신한 선배들이 있었고 공포와 죄의식이 내면을 짓눌렀다. 분신한 열사들의 장례식을 뒤덮은 검은 만장이 5월의 하늘 아래 펄럭일 때 분노와 결의가 다져졌다. 그와 동시에 알 길 없는 허망함 같은 것이 만장 사이로 둥실 떠 있던 구름처럼 장례식장 전체를 휘감았던 것도 사실이다. 내면의 목소리는 복잡해져갔다. 갈등과 고민이 가슴속 어느 구석방에 낙엽처럼 쌓였다.

내 속엔 내가 너무도 많아
당신의 쉴 곳 없네

그러나 내면의 목소리가 마음의 문 밖으로 터져 나와 떵떵 울리는 경우는 거의 없었다. 그 목소리는 들릴 듯 말 듯 가냘팠다. 내면의 일기장에는 그런 여린 절규가 기록되었지만 그 절규가 외부로 나오는 경우는 드물었다. 젊은 내면에는 많은 방들이 있었고, 대개의 방에는 약간은 병든 자아가 숨어 있었다. 그 모든 것이 '나'였다. 세상 밖으로 나오는 나는 내 속에 있는 그 '너무도 많'은 나의 작은 일부였다.

때는 역사적으로 그런 때였다. 나의 일부가 투영된 광장의 연대가 굳건해지는 동안 남한의 자본주의는 발전해갔고 내 속에는 더 많은 내가 다층의 내면을 형성했다. 나는 한편으로는 사상과 이념을 따랐고 다른 한편으로는 나를 소비했다. 욕망과 당위가 내 안에 겹을 이루며 한편으로는 나를 유혹하고 다른 한편으로는 나를 채찍질했다. 연애도 마찬가지였다. 때로 사랑하는 사람은 동지였고, 때로는 엄밀히 말하면 적이었다. 보이지 않는 전선이 일상 속에 그려졌다.

기억한다. 파리하고 예쁘장한 얼굴의 과 선배는 시위가 벌어지는 날은 더 일찍 교문을 나서곤 했다. 누구도 대놓고 뭐라 하진 않았던 것은, 그 선배의 마음 안에도 수많은 방들이 있고 그 안에서 서로 싸우는 수많은 내가 '너무도 많'았던 것을 모두 알고 있었기 때문이었을 것이다.

본질적으로 1980년대에 우리가 겪은 내면은 비슷했다. 마음의 밖에는 당신이 쉴 곳도 있었겠지만 마음속에는 그 많은 '내'가 서로 싸우고 비난하느라 '당신'을 위한 자리는 없었다. 이를테면 당신을 위해서 싸우던 시대의 내면에 당신을 위한 자리가 없는 이런 역설이 한 시대의 젊은이들을 고뇌하게 했다.

내 속엔 내가 어쩔 수 없는 어둠
당신의 쉴 자리를 뺏고
내 속엔 내가 이길 수 없는 슬픔
무성한 가시나무 숲 같네

하덕규는 그 내면에서 들리는 작은 절규의 다성화음을 받아 적을 줄 아는 드문 가수였다. 그는 고통을 견딜 줄 안다. 아니, 그의 노래는 고통을 '생산'한다. 사람들이 '전망'을 생산할 때 그는 '고통'을 생산했다. 그 고통은 어디에서 오나. '어둠'과 '슬픔'에서 온다. 그는 내 속의 '나'를 지배하는 두 요소를 어둠과 슬픔으로 요약한다. 어둠은 내가 어쩔 수 없고 슬픔은 내가 이길 수 없다. 어둠과 슬픔은 언제나 쌍으로 존재한다. 때는 많은 사람들이 집단적이고 사회적인 전망에 관심을 쏟던 1980년대였다. 사람들은 광장으로 나갔다. 광장은 금지되어 있었기 때문에 더욱 절박했다. 금지된 광장에서는 미래의 희망이 타오르고 있었다. 어둠과 슬픔은 말없이 부대끼는 나뭇가지들이 무성한 방, 내면의 몫이었다. 젊은이들이 사과탄에, 백골단에 쫓겨 다녔다. 해가 지면 교문 앞의 싸움은 사과탄 파편과 깨진 보도블록을 남기고 일시 중단되었다. 달려간 친구는 며칠 동안 연락이 두절되었고 선배들은 걱정하며 그 아이가 어느 경찰서에 있는지 알아보았다. 젊은이들은 교문을 지나쳐 지하의 주점으로 흘러들곤 했다. 막혀 있었다. 시간이 지나면 취기만이 남았다.

바람만 불면 그 메마른 가지
서로 부대끼며 울어대고

자주 울던 어떤 선배를 기억한다. 그는 만취 상태에서 울었고, 주위에 있던 동료나 후배들도 괜히 같이 따라 울곤 했다. 사실 그 울음에는 정확한 이유가 없었다. 그 선배는 참 노래를 잘했다. 그가 큰 눈망울을 반짝이며 노래할 때 왠지 그 눈망울에는 아픔이 없지 않았다. 그 선배의 이념적 박약함을 비판하던 사람들도 있었고 그 비판은 정당한 것이었지만 아무도 그 선배를 비난하지는 않았다.

바람만 불면 외롭고 또 괴로워
슬픈 노래를 부르던 날이 많았는데

지하 주점에서 우리는 많은 노래를 불렀다. 레퍼토리는 뽕짝에서 민중가요까지 다양했다. 왜 그렇게 노래를 많이 불렀을까. 노래하면 조금 나아졌다. 차이들은 살짝 지워졌고 낮에 NL이다 CA다 논쟁하던 선배들도 언제 그랬냐는 듯 처이처이 무릎을 치며 함께 노래했다.

몇 학년 때였더라, MT를 갔는데, 꺼진 모닥불 가에서 밤새 기타를 쳐본 적이 있다. 산은 검게 다가왔고 기타는 점차 울먹였다. 잠든 사람들은 알 수 없는 몸짓들로 뒤척이며 누군가를 불렀다. 어쩌면 하덕규는 그런 목소리를 대변하려 했던 것일 수도 있다. 그는 밖으로 나가지 않고 안으로 깊이 들어갔다. 그래서 내면에서 들려오는 작은 목소리에 귀를 기울였다. 이러한 성향은 나중에 종교적인 추구로 이어지기도 했다.

거리에서

작사·곡 김창기 / **노래** 김광석

거리에 가로등 불이 하나둘씩 켜지고
검붉은 노을 너머 또 하루가 저물 땐
왠지 모든 것이 꿈결 같아요
유리에 비친 내 모습은
무얼 찾고 있는지
뭐라 말하려 해도 기억하려 하여도
허한 눈길만이 되돌아와요
그리운 그대 아름다운 모습으로
마치 아무 일도 없던 것처럼
내가 알지 못하는 머나먼 그곳으로 떠나버린 후
사랑의 슬픈 추억은 소리 없이 흩어져
이젠 그대 모습도 함께 나눈 사랑도
더딘 시간 속에 잊혀져가요

거리에 짙은 어둠이 낙엽처럼 쌓이고
차가운 바람만이 나의 곁을 스치면
왠지 모든 것이 꿈결 같아요
옷깃을 세워 걸으며 웃음 지려 하여도
떠나가던 그대의 모습 보일 것 같아
다시 돌아보며 눈물 흘려요

그리운 그대 아름다운 모습으로
마치 아무 일도 없던 것처럼
내가 알지 못하는 머나먼 그곳으로 떠나버린 후
사랑의 슬픈 추억은 소리 없이 흩어져
이젠 그대 모습도 함께 나눈 사랑도
더딘 시간 속에 잊혀져가요

거리에서, 홀로
쓸쓸함과 적의와 감상적인 서정성

김광석의 목소리 안에는 분명 칼이 들어 있다. 기본적으로 그의 목소리는 앙칼진 쇳소리다. 그러나 그 칼끝은 찔러 상처를 '입히기'에는 적당하지 않다. 인후부에서 비롯하는 날카로운 소리가 코를 지나며 부드러워지기 때문이다. 잉— 하고 울리는 콧소리는 그의 신경질적이고 도전적인 목소리를 부드럽게 감싼다. 거기서 서정성이 부여된다. 그래서 결국 나의 귀에 그의 목소리는 오히려 상처를 '입은' 목소리처럼 느껴진다. 그래도 그의 목소리에 공격성은 남아 있는데, 그것은 끝내 터져 나오지 못하고 안에서 응어리지는, 세상에 대한 일종의 방어적 적의처럼 들린다. 적의가 드러나면서 감정은 살짝 감춰진다. 이 묘한 순환의 역설들을 김광석의 목소리가 드러낸다.

그가 노래하는 실연은 그래서 감상적이기보다는 무표정하며 드라이하다. 그 드라이한 실연이 1980년대 후반을 살던 20대의 분위기와 맞물린다. 겁이 많고 나약하며 공상에 빠지기 좋아하는 나 같은 인간은 붉게 노을이 지는 교문 앞에서 그 노을에 더 붉은 불이라도 붙이려는 듯 하늘로 치솟았다가 이내 곡선을 그으며 아스팔트에 떨어지던 화염병들을 바라보며 막걸릿집으로 발걸음을 옮기곤 했다. 다음 날, 쓰린 속을 달래며 등교할 때 아직도 가시지 않은 사과탄의 독한 연기가 코와 눈을 찔러 쓸데없는 눈물을 질질 흘린다. 과사무실에 오면 다들 눈이 벌겋다. 그렇게 우리는 아침부터 이상한 방식으로 눈물을 공유했다. 어제의 투쟁담을 말하는 선배 앞에서 괜히 주눅이 들어 수업도 들을 맛이 나지 않는다. 저녁때가 되면 몰래바이트를 가는 친구들, 다시 싸움을 준비하는 친구들, 그리고 나처럼 괜히 또 술 생각이나 하는 축들이 저벅저벅 화염병 깨진 잔해를 밟으며 교문을 나서곤 했다.

그 틈틈이 아이들은 연애를 했다. 그 시절의 연애가 떠오른다. 당시 나의 여자 친구 S는 전두환 체포조였다. 그 아이가 출정식을 하러 무슨 대학인가로 숨어들었을 때, 나는 왠지 삭발을 해버렸다. 전두환 체포조 남자아이들이 그랬듯이 말이다. 그러나 나는 체포조가 아니었고 요즘처럼 핸드폰이 있는 것도 아니어서 S에게 연락할 방법을 모른 채 그저 학교 동무들과 술 썩은 내가 진동을 하는 어두컴컴한 술집에서 술이나 마시고 개같이 취할 뿐이었다. 그해 가을, S와 헤어졌을 때 나의 머리는 꽤 길어 있었다. 나는 전보다 더 개같이 취하며 가을을 보냈다. 애지중지하며 치던 통기타를 길바닥에서 쳐 부숴버렸다. 바보 같은 시절이었다.

뭐라 말하려 해도 기억하려 하여도
허한 눈길만이 되돌아와요

그 쓸쓸함이, 상처를 품은 목소리로 김광석이 부르던 실연의 노래에 배어 있다. 지금 생각하면 그의 목소리는 이길 싸움을 하는 사람들의 전투력을 고양하는 종류의 것은 아니었다. 차라리 그가 등장하기 이전, 언더그라운드에서 탈시대적인 히피즘 비슷한 순진함으로 우리에게 다가왔던 들국화의 목소리가 역으로 더 전투적이었다.

'행진!'

MT라도 가면 우리는 어디로 행진해야 할지 잘 알지도 못하면서 하늘을 찌를 듯한 목소리로 들국화의 노래를 합창하곤 했었다.

'하는 거야!'

도대체 무엇을 한단 말인가……

　실연의 노래를 부를 때, 그는 동물원의 멤버였다. 동물원 나머지 멤버들의 조금은 편안하고 권태로운 듯한 '대학생' 느낌과 그의 쓸쓸한 표정이 잘 안 어울린다 싶었을 때, 그는 벌써 동물원의 멤버가 아니었다. 기타 하나를 짊어지고 전국 대학가를 돌던 때의 그를 많은 사람들이 기억할 것이다. 불꽃제니 진군제니 하는 전투적인 이름을 가졌던 당시의 축제는 전야제부터 기세를 올리는 것이 보통이었는데, 그 전야제를 쓸쓸함과 적의와 감상적인 서정성을 한데 품어 온통 불 지르던 그의 목소리가 아직도 귓가에 쟁쟁하다고 생각하는 사람들이 많을 것이다.

　1987년 6월에는 그 많은 아이들과 함께 길바닥에 있었다. 상황은 조금 변하는 듯했다. 그래도 세상은 변하지 않았고 노태우가 야바위판에서 빙고!를 울렸으며 88올림픽을 하는 동안 학교에는 휴교령이 떨어졌다. 그 드높던 가을 하늘. 아이들은 빈둥빈둥 놀며 고개를 쳐들곤 했다. 그해 하늘은 유난히 푸르렀다.

　　흐린 가을 하늘에 편지를 써

(「흐린 가을 하늘에 편지를 써」)

그때 느끼던, 세상에 대한, 아니면 자기가 살고 있는 시대 자체
에 대한 일종의 배신감, 뭐 그런 것들. 김광석이 끝도 없이 소극장
공연을 이어 하던 때, 그의 노래에는 광기 비슷한 것이 스몄다. 내
눈에 그는 배신당한 남자의 맺힘을 노래로 풀고 있었다.

교실 이데아

작사·곡 서태지 / **노래** 서태지와 아이들

됐어(됐어) 됐어(됐어)
이제 그런 가르침은 됐어
그걸로 족해(족해) 족해(족해)
내 사투로 내가 늘어놓을래
매일 아침 일곱 시 삼십 분까지
우릴 조그만 교실로 몰아넣고
전국 구백만의 아이들의 머릿속에
모두 똑같은 것만 집어넣고 있어
막힌 꽉 막힌 사방이 막힌
널 그리고 덥석 모두를 먹어 삼킨
이 시꺼먼 교실에서만
내 젊음을 보내기는 너무 아까워

좀 더 비싼 너로 만들어주겠어
네 옆에 앉아 있는 그 애보다 더
하나씩 머리를 밟고 올라서도록 해
좀 더 잘난 네가 될 수가 있어
왜 바꾸지 않고 마음을 조이며 젊은 날을 헤맬까
바꾸지 않고 남이 바꾸길 바라고만 있을까
됐어(됐어) 이젠 됐어(됐어)

이제 그런 가르침은 됐어
그걸로 족해(족해) 족해(족해)
내 사투로 내가 늘어놓을래
국민학교에서 중학교로 들어가면
고등학교를 지나 우릴 포장센터로 넘겨
겉보기 좋은 널 만들기 위해
우릴 대학이란 포장지로 멋지게 싸버리지
이젠 생각해봐 대학 본얼굴은 가린 채
근엄한 척할 시대가 지나버린 건
좀 더 솔직해봐 넌 알 수 있어

좀 더 비싼 너로 만들어주겠어
네 옆에 앉아 있는 그 애보다 더
하나씩 머리를 밟고 올라서도록 해
좀 더 잘난 네가 될 수가 있어
왜 바꾸지 않고 마음을 조이며 젊은 날을 헤맬까
바꾸지 않고 남이 바꾸길 바라고만 있을까
왜 바꾸지 않고 마음을 조이며 젊은 날을 헤맬까
바꾸지 않고 남이 바꾸길 바라고만 있을까

됐어(됐어) 이젠 됐어(됐어)
이제 그런 가르침은 됐어(됐어)

한국 교육, 그만 좀 해

「교실 이데아」와 '됐다' 시스템

됐어 (됐어) 됐어 (됐어)

이제 그런 가르침은 됐어

그걸로 족해 (족해)

1994년 여름, 북청사자놀음처럼 좌우로 어슬렁거리는 힙합 특유의 지신밟기를 하며 이렇게 외친 건 다름 아닌 서태지와 아이들이다. 서태지가 '됐어' 하고 선창하면 아이들은 '됐어' 하고 받는다. 서태지가 '족해' 하면 아이들은 '족해' 하고 따라 한다. 이 노래 「교실 이데아」의 '됐어' 부분은 당시 10대로 구성된 미국의 힙합 듀오 크리스 크로스의 「The Way of Rhyme」에 나오는 '댓 율 (That y'all)'하고 비슷해서 논란이 되기도 했지만, 어쨌든 우리 관점에서 들으면 '됐어'는 '옹헤야'나 마찬가지다. 메기고 받는 노동요의 형식이다. 힘겨운 아이들의 어깨동무다.

아이들의 가장 큰 특징은 자기도 모르게 따라 한다는 것이다. 서태지가 메기면 아이들이 받는다. 받는 역할을 대표하는 건 '아이들'인 이주노와 양현석이다. 그 아이들을 따라, 가사에 나오듯, 전국 900만의 아이들도 '됐어'와 '족해'를 정확하게 받아준다. 메기고 받는 이 신나는 놀이에 전국의 아이들이 동참한다. 한국 팝 문화 사상 처음 있는 일이었다. 강한 불신을 토로하는데 모두 웃는 낯이네? 메탈 사운드로 으르렁대는데 힙합 비트로 웃고 노네? 서태지 식 하이브리드다. 거참, 이런 게 민주화의 효과로구나. 어른들은 아이들이 노는 모습을 보며 한편으로는 웃었다. 허허. 처음엔 그랬다.

우리말의 '됐어'는 이상한 말이다. 어감에 따라 정반대의 뜻이 된다. '드디어 성공!'이라는 뜻도 '그만 좀 해'라는 뜻도 된다. 대개 '됐어'는 '될 수 없다'는 뜻이다. 거기에는 체념과 조롱이 담겨 있다. 사실 이 '됐어'는 지금까지도 변함없는 한국 교육 현장의 본 모습이다. 우리나라 교육 시스템이 하라는 대로 하면 결코 사람이 '될 수 없다'. 한국 교육은 숫자놀음이다. 정량적 지표를 따기만 하면 '됐다'고 본다. 중고등학교는 말할 것도 없고 대학교도 마찬가지다. 갑질을 당하든 말든, 전공을 살리든 말든, 취업률 높인답시고 형식적으로 아무 데나 취직시키면 '됐다'. 연구 실적 올린답시고 말이 되든 말든 논문 써서, 제자가 썼든 말든 베껴 학회지에 올려서 점수만 따면 '됐다'. MSG를 갖다 붓든 소금을 들이퍼붓든 기준만 맞추면 급식도 '됐다'. 실제로 좋아서 활동하든 말든 참여했다는 도장 받아서 학생부에 올리기만 하면 동아리 활동도 '됐다'. 영어를 입으로 구사할 줄 알든 모르든 토익 점수만 챙기면 '됐다'. 인간은 어떻게 되든 말든 교육부 방침에 따라 지표만 맞추면 구조조정당하지 않고 지원금도 챙기니 '됐다'. 그걸로 족해. 누리과정 예산을 나중에 누가 내든 말든 일단 공약으로 짖어서 표만 따면 '됐다'. 한국에서 교육은 교육이 아니다. 기관은 기관이 아니다. 교육기관은 기업 인수 합병 기술자나 헤드헌터들의 수법을 버젓이 쓴다. 한마디로 야바위꾼들이 기관을 이끌어간다. 진짜 그걸로 됐다. 이 시스템은 여전히 지긋지긋하다.

좀 더 비싼 너로 만들어주겠어
네 옆에 앉아 있는 그 애보다 더
하나씩 머리를 밟고 올라서도록 해
좀 더 잘난 네가 될 수가 있어

서태지는 한 걸음 더 나아가 다가올 신자유주의 체제가 아이들을 어떻게 길들이는지를 똑똑히 알려준다. 케이팝 어쩌고 하는 '생존' 경쟁 프로그램(프로그램 이름에 '서바이벌' 즉 '생존'이라는 무시무시한 단어가 들어 있다)을 보라. 노래 꿈나무들이 연예계 대기업 총수들 앞에서 면접을 본다. 총수들은 애정이 묻어나는 말투로 아낌없는 조언을 한다. '좀 더 비싼' 너로 만들어준다. 그 사장님들이 아이들을 자기 회사에 입사시킨다. 이런 상황 설정이 그 어떤 강요보다도 효과적으로 아이들을 이 사회의 시스템에 길들인다. 왜냐하면, 한 번 더 얘기하지만, 아이들은 자기도 모르게 따라 하기 때문이다. 이제는 900만에서 680만으로 줄어든 전국 모든 아이들에게 '너희들도 그래야만 해'라는 주문을 걸고 있는 것이다. 아. 너무나도 끔찍한 방식이다.

1994년 9월 7일 KBS 〈가요톱텐〉에 나온 「교실 이데아」의 공연 장면에는 공사용 사다리가 소품으로 등장한다. 노래가 끝나자마자 서태지는 사다리를 밀어 넘어뜨린다. 이때가 무대의 절정이다. 더 이상 어른들이 만들어놓은 사다리를 타고 당신네 세계로 진입하지 않겠다는 선언이다. 객석의 아이들은 문화 대통령의 그런 퍼포먼스에 환호성과 박수로 아낌없는 지지를 보낸다. 이쯤 되면 이 '됐어'가 위험해 보인다. 이때부터 음모가 작동한다. 음모는 늘 전혀 예상치도 못한 곳에서 물꼬를 튼다. 그게 기술자들이 쓰는 방식이다. 절대로 없는 것을 만들지 않는다. 있는 구멍을 파고 드는 구더기와도 같다. 누군가 「교실 이데아」의 특정 부분을 거꾸로 돌리면 '피가 모자라'로 들린다는 소문을 퍼뜨린다. 논쟁이 불붙는다. 이상하게 기독교가 꼭 따라붙는다. 전국이 '피가 모자라'로 들썩인다. 9시 뉴스에까지 등장한다. 서태지와 아이들은 이 예상치 못한 동요에 당황한다. '됐어'의 파티를 생각보다 일찍 접기로 한다.

1994년 7월 24일 서울 38.4도. 지금도 이 최고 기록은 깨지지 않고 있다. 숨 막히게 더웠다. 그러나 그 숨 막힘은 더위 때문만은 아니었다. 그해 봄이 이상했다. 3월에 '서울 불바다' 발언이 나오더니 남북한은 차표를 예약이라도 해놓은 듯 전쟁 열차에 함께 올라탔다. 4월은 록 청년들에게 가장 잔인한 달이었다. 얼터너티브 록의 영웅 커트 코베인이 자살한 것이다. 왜 그런지 '그런지(grunge)'했다. 6월이 되어 전쟁 공포는 절정에 이르렀다. 어른들은 라면을 박스로 사서 집 안에 쟁였다. 이 상황은 우습게 뒤집어졌다. 카터가 평양에서 김일성을 만나고 오더니 돌연 공포는 통일의 장밋빛 꿈으로 변해버렸다. 그러나 정상회담을 보름 남짓 앞두고 김일성이 세상을 떠났다. 또다시 반전이었다. 꿈은 한순간에 거품처럼 흩어졌다. 이만하면 됐다, 싶던 8월에 「교실 이데아」가 나와서 '됐다'고 외쳤다. 답답했다. 여러모로 김빠진 맥주 같은 가을이다 싶을 때 성수대교가 무너졌고, 한 3개월 이어지던 '됐어'는 잦아들었다. 됐어는 그렇게 돼버리고, 말았다.

쏘리 쏘리 (SORRY, SORRY)

작사·곡 유영진 / **노래** 슈퍼주니어

Sorry Sorry Sorry Sorry
내가 내가 내가 먼저
네게 네게 네게 빠져
빠져 빠져 버려 baby
Shawty Shawty Shawty Shawty
눈이 부셔 부셔 부셔
숨이 막혀 막혀 막혀
내가 미쳐 미쳐 baby

바라보는 눈빛 속에
눈빛 속에 나는 마치
나는 마치 뭐에 홀린 놈
이젠 벗어나지도 못해
걸어오는 너의 모습
너의 모습 너는 마치
내 심장을 밟고 왔나 봐
이젠 벗어나지도 못해

어딜 가나 당당하게
웃는 너는 매력적
착한 여자 일색이란
생각들은 보편적
도도하게 거침없게
정말 너는 환상적
돌이킬 수 없을 만큼
네게 빠져버렸어

(하략)

디지털 고전주의의 탄생

2음절 나노칩을 택한 2009년 케이팝 「쏘리 쏘리」

2009년은 케이팝 역사상 최고의 해였다. 연초에 소녀시대의 「Gee」가 나왔고(2009.1.5), 봄이 되자마자 슈퍼주니어(이하 '슈주')의 「쏘리 쏘리(SORRY, SORRY)」가 발매되어 전 세계 댄스플로어를 강타했다(3.12). 2008년 하반기에 「미쳤어」를 부르며 주로 의자에 앉아 있던 손담비가 복고풍의 「토요일 밤에」를 발표하여 봄날의 형님들을 심쿵하게 했다(3.24).

겨울과 봄 시즌에 가해진 SM의 융단 폭격에 YG는 라이브로 대항했다. 1월 30일 빅뱅의 '빅쇼(Big Show)'를 1만 3천 명 관객으로 매진시키는 기염을 토했으나 음원 쪽은 매복 태세였다. 슈주의 기세가 꺾일 때쯤인 5월에 투애니원(2NE1)이 「Fire」로 화려하게 데뷔했다(5.6). 반격이었다. JYP는 원더걸스를 데리고 미국으로 갔다. 2008년에 발표하여 원더걸스 최고의 히트곡이 된 「Nobody」의 영어 버전이 6월에 발매됐다. 포미닛이 「Hot Issue」를 발매해서 관심을 모았다(6.15). 그해 여름은 투애니원과 브라운아이드걸스(이하 '브아걸')와 카라의 시즌이었다. 투애니원은 후속곡 「I Don't Care」로 불을 질렀고(7.8), 브아걸이 「아브라카다브라(Abracadabra)」라는 주문을 걸며 뇌쇄적인 눈빛으로 그 유명한 '시건방춤'을 추기 시작했다(7.21). 빙빙 도는 골반에 다들 홀렸다. 카라 역시 빙빙 돌렸다. 「미스터」를 발매해서 대히트를 기록하고 도쿄행 비행기를 탔다(7.30).

이렇게 2009년 봄여름, 단 두 계절 동안 케이팝은 완성됐다. 그 이전의 케이팝이 남한이라는 로컬의 민속음악이었다면 그 이후의 케이팝은 전 세계가 즐기는 보편적인 팝 음악이 되었다. 2009년의 케이팝은 음악적으로도 최고였다. 이해에 나온 케이팝 EDM을 능가하는 곡은 여전히 없다. 한국에서 최고의 감각을 지닌 최고의 프로듀서들이 거액의 돈을 받으며 대박을 위해 종사했다.

주의할 것이 있다. 이때의 감각이란 '디자인 감각'을 말한다. 2009년 이후 케이팝은 디자인 제품을 생산한다. 케이팝 제품들은 자동차와 비슷하다. 다수의 사람들이 불편하지 않게 쓸 수 있도록 만들어져야 하지만 거기에 멋진 외모를 더해야 한다. 튀면 안 되지만 평범해도 안 된다. 한마디로 심플하고 멋져야 한다. 자동차에도 첨단 IT 기술이 접목되어 있듯, 케이팝 역시 첨단 디지털 테크닉을 기반으로 하고 있다. 스마트폰 케이스를 뜯으면 그 안에 녹색 보드가 있는 것과 마찬가지다. 노래들은 마스터링된 사운드라는 인터페이스 밑에 100% 디지털 코드들로 접합된 보드를 가지고 있다.

2009년산 케이팝 제품의 특성을 가장 잘 요약하고 있는 노래가 「쏘리 쏘리」다. 이 노래는 한국 팝의 신고전주의 시대를 열었다. 예술사가 뷜플린이 주장한 바로크-고전의 작용-반작용은 한국 팝에도 잘 적용된다. 2009년 이전의 한국 팝이 변화와 역동성, 순간적인 용솟음과 운동성을 강조하는 바로크적 경향을 띤다면, 그 이후의 한국 팝은 균형과 절제, 극단적인 형식미와 잘 마감된 디테일을 강조하는 고전주의 계열이다.

이와 같은 경향은 사실 세계적인 면이 있다. 전 세계의 모든 팝 음악은 디지털 생산 라인에서 만들어진다. 그것은 인디 음악도 마찬가지다. 디지털 생산 라인에서는 요소들의 복제와 반복적 배치, 질서 있는 구조화가 필수적이다. 그 영향으로 21세기의 팝은 신고전주의적 경향을 띠게 된다. 이 경향을 '디지털 고전주의'라 불러보자. 비틀스와 EDM은 슈만과 바흐만큼이나 성격이 다르다. 이러한 21세기적 경향이 대중적으로 가장 잘 반영된 팝 제품을 출시하는 데 성공한 나라가 한국이고, 2009년은 그 완성도가 정점에 달한 해라 할 수 있다. 「쏘리 쏘리」는 그 시기에 생산된 대표적인 제품이다.

디지털 고전주의는 가사 측면에서도 그 이전과 확연히 구분된다. 전통적인 가요 노랫말이 서정성이 깃든 오솔길을 연상시킨다면, 「쏘리 쏘리」의 가사는 회로도를 연상시킨다. 반도체를 집적하여 메모리칩을 만들듯, 발음과 음가와 뜻을 지닌 낱말들을 기판에 납땜하여 가사칩을 만든다. 「쏘리 쏘리」는 2음절의 칩들로 구성되어 있다.

> 쏘리 쏘리 쏘리 쏘리 내가 내가 내가 먼저
> 네게 네게 네게 빠져 빠져 빠져 버려 베이비

정교하게 2음절로 된 말들을 잘 골라서 가사의 회로도를 구성한다. 2음절 여덟 개씩 두 줄로 기본 구성되는 회로도다. 맨 끝의 2음절은 살짝 3음절로 처리한다. 이 미세한 변화는 심플한 디자인을 해치지 않으면서도 제품의 디테일을 예쁘게 만든다.

2009년에 케이팝은 3~4음절로 되어 있던 기존의 가사칩을 버리고 1~2음절로 되어 있는 나노칩을 채택한다. '지(Gee)'는 1음절, '쏘리(Sorry)'는 2음절이다. 2음절 가사칩은 그 이후의 케이팝 EDM에서 보편화된다. 어떤 노랫말 칩도 2음절을 넘으면 재고 대상이 된다.

케이팝 가사칩은 낱말의 국적이 모호한 다국적 어휘를 선호한다. 한국말과 영어가 한 노래의 기판 위에 적절하게 배열된다. 이 회로도의 적합성을 판단하는 기준은 뜻이 아니라 발음의 연결성이다. 한국말이든 영어든 그 연결성의 측면에서는 동일하게 기능한다. 말은 달라도 이진수가 조합된 아스키코드를 쓰는 건 어느 언어나 마찬가지인 것과 같다. 그 안에 세계 팝의 역사를 살짝 일깨우는 문화적 코드도 숨겨놔야 한다. 이 노래에서는 '쇼티(shawty)'라는 단어가 그 역할을 한다. '귀엽고 사랑스러운 여자'를 칭할 때 쓰는 흑인 속어에서 유래한 '쇼티'란 단어는 힙합에서 참 많이 쓰였다. 세계 시장에 나갔을 때, 이런 단어들은 그쪽의 언더그라운드에 접합될 플러그인 요소로 작동한다. 이런 것들을 잘 배열하여 내용보다는 형식 중심으로 구축한 구조적 아름다움을 강조한다.

결국 이 노래가 전하는 메시지는 단 하나다. '너 이쁜데 나랑 사귈래?' 케이팝이 전 세계를 꼬신다. 나랑 사귀자고. 예전 같으면 남한 남자애가 세계를 상대로 할 수 없었던 도발이다. 볼품없고 찌든 느낌의 제3세계 냄새가 나는 놈이 무슨. 그러나 디지털 시스템은 그것을 가능하게 만든다. 소리의 퀄리티도 가사도 외모도, 국적과 지역성도 잘 지워준다. 디지털 처리가 되면 일기장의 내용은 사라진다. 이제 그 누구도 그 내용은 볼 수가 없다.

오빠는 풍각쟁이야

작사 박영호 / **작곡** 김해송 / **노래** 박향림

오빠는 풍각쟁이야 뭐
오빠는 심술쟁이야 뭐
난 몰라이 난 몰라이 내 반찬 다 뺏어 먹는 건 난 몰라이
불고기 떡볶이는 혼자만 먹구
오이지 콩나물만 나한테 주구
오빠는 욕심쟁이 오빠는 심술쟁이
오빠는 깍쟁이야

오빠는 트집쟁이야 뭐
오빠는 심술쟁이야 뭐
난 싫여이 난 싫여이 내 편지 남몰래 보는 건 난 싫여이
명치좌 구경 갈 땐 혼자만 가구
심부름 시킬 때면 엄벙땡하구
오빠는 핑계쟁이 오빠는 안달쟁이
오빠는 트집쟁이야

오빠는 주정뱅이야 뭐
오빠는 모주꾼이야 뭐
난 몰라이 난 몰라이 밤늦게 술 취해 오는 건 난 몰라이
날마다 회사에선 지각만 하구

월급만 안 오른다구 짜증만 내구
오빠는 짜증쟁이 오빠는 모주쟁이
오빠는 대포쟁이야

출세한 오빠보다 노는 오빠가 좋다

「오빠는 풍각쟁이야」와 그들이 소비되는 방식

오빠, 하고 발음해본다. 아니, 실은 누가 나를 '오빠!' 하고 부르는 상상을 해본다. 기분이 매우 좋다. 오빠 소리만 들어도 무조건 좋다. 오빠. 발음 자체가 약간의 흥분을 머금고 있다. '오!'와 '아!'라는 감탄의 모음 사이에 쌍비읍이 듬직하게 뿌리내리고 있다. 누나, 라고도 발음해본다. 그리움이 가득하다. 오빠나 누나 모두 발음이 끝났는데도 입이 벌어져 있다. 그 벌어진 입안에 여운이 맴돈다. 살가운 정이 메아리친다.

이런 '오빠'의 어감은 서구어로 번역이 불가능하다. 번역해봐야 '브라더'다. 아끼고 따르는 '오빠-여동생'의 정을 어찌 '브라더-시스터'가 대신할 수 있단 말인가! 오빠는 또한 아빠와 한 꾸러미에 속하는 말이다. 아빠가 없으면 오빠가 대신한다. 오빠 앞에 '큰'이 붙어 '큰오빠'가 되면, 그 오빠는 거의 아빠의 경지로 격상된다. 큰오빠는 말이 없다. 큰오빠는 밖으로 돈다. 큰오빠만 학교에 가고 가족 전체가 큰오빠만 바라본다. 큰오빠는 어깨가 무겁다. 한마디로 '집안의 기둥'이다.

알다시피 오빠는 피를 나눈 남매끼리의 호칭이었지만 어느 샌가 외간 남자를 다정하게 부르는 말로도 쓰이게 됐고 이제는 결혼한 사이에서도 그리 이상하지 않게 쓰인다. 점차 오빠라는 말의 영향력은 커져간다. 낱말들에도 빈익빈 부익부가 있다. '오빠'가 화려해져가는 동안 상대적으로 '아저씨'는 점점 더 망가진다. 아저씨는 꼰대와 동의어가 되어간다. 그러나 아저씨들도 한때는 오빠였다. 아무리 그래 봐야 누가 아저씨를 원하랴. 우윳빛 오빠를 원하지. 어느 누리집을 찾아봤더니 오빠라는 말이 들어간 노래가 무려 1127곡이나 검색된다. 누나라는 말이 들어간 노래는 그 절반인 505곡. 오빠는 대중음악 생산자들에게 전략적 키워드의 하나다.

시대마다 오빠는 변한다. 언제 들어도 가슴 한 켠이 먹먹해지는 동요 「오빠 생각」(1925)은 오빠의 부재를 노래한다. 오빠는 빼앗긴 조국이다. 실제로 이 가사를 쓴 최순애의 오빠는 계몽운동을 하느라 객지를 떠돌다 세상을 떠난 애국 청년이었다고 한다.

일제 말기에 등장해서 한국 팝 음악의 음악적 수준을 확 끌어올린 이른바 '재즈송'은 당대의 퇴폐적이면서도 쾌락적인 분위기를 묘사한다. 이때의 오빠는 '풍각쟁이'다. 늘 취해 있고 욕심이 많지만 재치 있고 활달하다. 최초의 걸그룹으로 회자되는 '저고리 시스터즈'에서 이난영과 함께 활동한 당대의 여가수 박향림이 부른 「오빠는 풍각쟁이야」가 바로 그런 오빠를 잘 묘사하고 있다.

당시 좀 논다는 오빠들은 요릿집, 기생집에 다녔다. '노는 오빠'의 첫 등장이다. 그런데 오빠는 왜 놀게 되었을까? 사연은 「오빠생각」만큼이나 슬프다. 나라는 빼앗긴 지 오래, 출세는 친일과 동의어, 독립운동 소식은 가물가물, 이 상실의 시대에 오빠들은 좌절하고 향락에 빠졌다. 아편이 유흥가에 돌았다. 그것은 일제 정책의 결과이기도 했다. 그래도 출세해서 동족의 피를 빨아먹는 흡혈귀 노릇을 하는 놈들보다는 잘 노는 오빠가 나았다. 달리 방법이 없었다. 오빠는 술에 취해 밖으로 돈다. 집에 오면 허겁지겁 밥을 먹는다. 여동생은 그런 오빠가 안됐다. 미워할 수 없다.

1938년에 오케레코드에서 발매된 「오빠는 풍각쟁이야」의 작곡가는 김해송(1911~1950?)이다. 가요 100년사 최고의 작곡가 가운데 한 사람인 그의 본명은 김송규. 한국 가요사 최고의 여가수 이난영의 남편이기도 했다. 육이오 때 납·월북이 불확실한 상태로 사라져버리는 바람에 그 걸작 전부가 1988년 월북 작가 해금 조치 이전까지 금지곡으로 묶이는 수난을 겪어야 했다.

그 가운데 하나가 바로 「오빠는 풍각쟁이야」라는 민요풍 재즈송이다. 이 노래를 작사한 박영호는 조명암과 더불어 일제 말기 최고의 작사가였다. 그는 김해송과 호흡을 맞춰 많은 명곡을 만들어냈는데, 당대 구어체의 살아 있는 느낌을 포착하려는 사실주의적 시도가 돋보인다. '엄벙땡(얼렁뚱땅)', '모주쟁이(고주망태)' 같은 당대의 속어를 과감하게 사용하는가 하면 명치좌(지금의 명동예술극장) 같은 명소를 적극적으로 등장시키는 등 생생한 놀이 문화를 노래에 담고자 했다. 역시 김해송-박영호 콤비가 지은 「모던 기생 점고」는 더 적나라하다. 취기에 젖어 비아냥거리기까지 한다. '아아 으악새 슬피 우는'으로 너무 유명한 「짝사랑」 역시 박영호가 작사한 곡인데, 함경도 출신인 데다가 해방 정국 때 월북한 그를 대신해 김능인 작사로 표기된 후 금지곡 신세를 면했다.

당대의 오빠는 그 시대의 여동생들을 접수한다. 물론 요즘에는 역전 현상도 일어난다. 당대의 여동생이 시대의 오빠들을 몰고 다닌다. 많이 바뀌었다. 2000년에 왁스는 오빠에게 이렇게 명령했다. '오빠, 나만 바라봐.' 내가 학교 다니던 1980년대에는 여자 후배들이 남자 선배에게 '형'이라고 했었다. 오빠 소리 듣기 힘들었다. 그러나 요즘은 꼭 그렇지는 않다. 여전히 오빠는 여동생들의 로망이다. 심지어 연하의 남자 친구를 오빠라고 부르는 이도 봤다. 헬조선의 오빠들은 어떤가. 여전히 노는 오빠지만 돈 있는 오빠다. 그래서 여동생들의 허망한 꿈자리를 자극하는 '오빠 차'를 몰고 다닌다.

  팝 음악의 시장은 늘 오빠-여동생 사이의 관계를 상징적으로 전략화함으로써 구체화된다. 오빠가 생산자든 그 반대든 마찬가지다. 그 상징적 관계로부터 짜릿한 성적 에너지가 발산될 때 대박은 터진다. 현대 팝 음악은 어떤 면에서는 당대의 오빠와 여동생 사이에서 태어난 원치 않는 아이였다. 엘비스 프레슬리가 소녀들 앞에서 골반 춤을 출 때, 있는 집 어른들은 그를 음탕한 바람둥이로 취급했다. 소녀들은 아랑곳하지 않고 오빠 앞에서 집단적으로 비명을 질렀다. 이런 음란한 오빠의 등장에 사회 전체가 패닉에 빠졌다. 비틀스의 노래는 이 비명에 묻혀 정작 들리지도 않았다. 오빠를 향한 여동생들의 사랑은 광란이 된다. 음란한 오빠를 둘러싼 부모와 소녀들의 대립은 기존의 남녀관, 윤리관의 붕괴로 이어지고, 팝은 그 붕괴를 노래하면서 동시에 이윤의 과실을 따 먹는다.

봉선화

작사 김형준 / **작곡** 홍난파 / **노래** 김천애

울 밑에 선 봉선화야 네 모양이 처량하다
길고 긴 날 여름철에 아름답게 꽃 필 적에
어여쁘신 아가씨들 너를 반겨 놀았도다

어언간에 여름 가고 가을바람 솔솔 불어
아름다운 꽃송이를 모질게도 침노하니
낙화로다 늙어졌다 네 모양이 처량하다

북풍한설 찬바람에 네 형체가 없어져도
평화로운 꿈을 꾸는 너의 혼은 예 있으니
화창스런 봄바람에 환생키를 바라노라

슬픔에 젖어 상승하는 멜로디

「봉선화」, 바람을 숨긴 노래

홍난파는 「고향의 봄」과 「봉선화」의 작곡가다. 그것만으로도 조선의 얼을 노래에 담은 대표적인 음악인이라 아니할 수 없다. 이원수 작사의 동요 「고향의 봄」과 김형준 작사의 가곡 「봉선화」는 하나같이 북받쳐 오르는 눈물을 참고 만든 곡이다. 나라 잃은 슬픔을 단순하면서도 빼어난 멜로디에 실어낸 명곡들이다. 아직도 이 곡들은 이역만리 사할린이라든가 카자흐스탄 같은 타지에 살고 있는 우리 동포들에게는 눈물 없이는 부를 수 없는 노래들이다. 하긴 이런 노래 없이 어떻게 외로운 타향살이를 견뎌왔으랴! 나라를 빼앗긴 일제 치하에서 이런 노래들 없이 어떻게 그 설움과 분노를 억누르며 살아왔으랴! 우리의 정서는 노래들에 큰 빚을 지고 있다. 김순남과 더불어 홍난파는 민족의 얼 전체가 대홍수로 떠내려가는 와중에 그것이 제정신을 잃지 않도록 키를 쥐고 있던 사람들이나 다름없다. 그만큼 노래는 무의식중에 자기가 누구인지, 어디로 가야 하는지 알려준다.

가령 봉선화의 구조를 보면 이 노래 역시 우리가 무엇을 희망하고 지향하는지, 멜로디의 계단 안에 그 씨들을 심어놓았다. 봉선화는 8분의 9박자로 되어 있다. 짧은 세 음절과 긴 한 음절(울 밑에 선─), 그렇게 네 음절의 반복이다. 주된 내용을 짧은 세 음정에 신고 어미는 긴 음정에 맡겼다. 앞 세 음정이 짧게 끊는다면 뒤의 한 음정은 길게 뺀다. 계속 꼬리를 물고 출구를 열어나가는 구조다. 그렇게 다음 대목, 그다음 대목으로 열어나가면서 조금씩 조금씩 상승한다. '울 밑에 선'이 가장 낮다(도 음정). '네 모양이'의 '이'는 첫 음정(아래 도)의 한 옥타브 위로 상승한다. 그 추진력을 토대로 '길고 긴 날'은 바단조인 이 노래의 관계조에 해당하는 '내림라'에서부터 시작한다. 곡에 끼어드는 이 유일한 장조의 느낌으로, 북받치는 슬픔을 딛고 희망의 작은 씨앗을 발견하게 된다. 그렇게 '길고 긴 날 여름철'을 견딘다. 그 모든 상승은 조금씩 어려움을 딛고 일어서서 마침내 '꽃 필 적에'에 도달한다. 이 대목에 이르러 음정은 노래의 가장 높은 단계인 한 옥타브 위의 '파'에까지 도달한다.

발화의 단계에까지 도달하기 위해 이 노래는 그렇게 애쓰면서 조금씩 음계의 언덕을 오르고 있었던 거다. 꽃을 피우고 나서는 이제 계단을 내려온다. 올라갈 때는 느렸지만 내려오는 속도는 그보다 빠르다. 그저 네 마디면 족하다. 그렇게 다시 낮은 옥타브의 근음 '파'에 이르러 노래는 끝이 난다.

노래는 이렇게 그 구조 안에 사람들의 염원을 숨긴다. 숨길 수밖에 없는 시대가 있다. 드러내는 시대의 노래는 그래서 노래답지 않을 때가 많다. 아니, 노래는 어느 시대라도 자신의 바람을 숨긴다. 숨긴다기보다는 노래 안에 비언어적으로 품어낸다. 사람들은 무의식적으로 이 노래들을 반복하여 부르고 외우고 곱씹고 좋아하면서 그 비언어적 구조에 담긴 희망을 잊지 않게 된다. 그것이 노래가 사람들의 얼을 추스르는 방식이다.

난파의 생은 비극적이다. 이토록 민족정신의 뿌리를 살려내는 노래들을 지었으면서도, 대표적인 친일 예술가의 한 사람으로 생을 마쳤다. 그는 음악가이기도 하지만 동시에 소설가, 문필가이기도 했다. 슈만이 낭만주의 작곡가면서 평론가였듯, 난파는 조선 최고의 음악 평론가 가운데 한 사람이기도 하다.

우연히 그가 지은 책을 접할 수 있었다. 어느 일요일 오후, 나는 어느 골목을 지나다가 헌책방을 발견한다. 습관처럼 거기 들어가 본다. 작은 동굴 같은 헌책방에는 헌책들이 풍기는 묘한 곰팡이 냄

새가 진동한다. 여름이라서 더하다. 이런저런 책들을 펼쳐보거나
바라보는데, 특이한 책이 하나 눈에 띈다.『난파전집』. 홍난파가 쓴
글들을 모은 책이다. 얼마냐고 물어보니 1500원이란다. 책을 사가
지고 와서 비 오는 소리를 들으며 읽어본다. 마음에서도 비가 내리
기 시작한다.

　난파. 난이 핀 언덕이라는 뜻이다. 유학 시절, 독립운동에 가담
하여 쫓기듯 일본 유학에서 돌아온 그는 어느 누구보다도 신조선
음악의 창작과 이론적 정립에 앞장섰다. 음악에 관한 그의 많은
글들을 관통하는 주제를 한마디로 요약하라고 하면 '근대 조선 음
악은 어떤 음악이어야 하는가'라는 고민으로 압축된다.

　난파는 '가극'이라는 장르에 크게 주목했다. 가극. 오페라의 번
역어인데, 정통 가극에 대한 대중적인 오해를 불식하기 위해 무진
애를 썼다.

　　우선 가극에 대하여 일언(一言)할진대 근일 경향(京鄕)의 별
　　(別)이 없이, 혹은 소녀 가극 대회니. 혹은 남녀 가극 대회니 하
　　는 회합을 종종 볼 수가 있습니다. 그러나 그 내용을 볼진대,
　　가극으로서 극히 빈약하담보다도 차라리 일종의 창가 유희라
　　하는 편이 가당(可當)하다 하노니 소년 소녀들이 유희, 혹은 무
　　도(舞蹈)하며 간간이 창가와 대화를 한다고 그것을 가극이라

고 생각함은 오해의 심한 자이외다.

(「가극의 이야기」, 「개벽」, 1923년 1월)

이렇게 보면 난파 역시 일종의 근대론자였던가. 또한 그의 음악관에서 '가정 음악'이라는 독특한 개념도 눈에 띈다.

어떤 가정에서는 모처럼 축음기를 사다 놓고도 이것을 효과 있게 이용하지 않고 때 없이 아무것이나 걸어놓아두고는 집안 식구들은 딴 일을 하는 적도 많습니다. (…) 분주할 때나 특별한 일이 있을 때는 물론이려니와 한가한 때에라도 가족들이 함께 모일 때를 택하야 음악을 듣겠다는 마음의 준비를 가지고 듣는 것이 또한 필요한 것임을 항상 기억하십시오.

(「가정 음악에 대하여」, 「신가정」, 1934년 12월)

그토록 열심히 새로운 조선 음악 창출을 역설하던 난파는 어느덧 힘이 부치고 지쳐 절망적인 상태에 이르게 된다. 냉소적인 필치로 자기 자신의 현실을 묘사한 「유모레스크」라는 글에서는 일종의 자조적인 상태를 보여준다.

원체 이 판국이 음악과는 담 쌓은 세계라. 어느 누구를 붙잡고도 말마디 할 길 없고 종일 소리쳐야 귀도 들썩하는 이 없는 음

맹(盲聾) 환자의 병원 같으니 이 속에서 꾸물거리는 내 팔자야
말로 몹시 불행하고 몹시 슬프다 안 할 수 없다.

(「유모레스크」, 「조선일보」, 1931년 2월 20일~22일)

이 대목에서, 간접적으로 그가 친일로 향하게 된 원인의 일단을
발견하게 된다. 그렇게 가지 말아야 했겠지만, '음악이 있는 곳'을
향하고 싶은 음악가의 절망적인 마음. 이 마음을 어떻게 이해하는
것이 좋을까. 「봉선화」를 들으며 다시 한번 슬픔에 젖는다.

처용가
작사·곡 미상

東京明期月良
夜入伊遊行如可
入良沙寢矣見昆
脚烏伊四是良羅
二兮隱吾下於叱古
二兮隱誰支下焉古
本矣吾下是如馬於隱
奪叱良乙何如爲理古

서울 밝은 달 아래
밤 깊도록 노닐다가
들어와 잠자리를 보니
가랑이가 넷이로다
둘은 내 것이었는데
둘은 누구 것인고
본디 내 것이다마는
빼앗긴 것을 어찌하리오

처용과 디오니소스
멋의 대선배들

천 년 전 어느 달 밝은 밤에 밤샘 레이브 파티를 즐기는 클럽의 신 처용. 최고 경지의 클러버인 그가 노는 바닥은 당시 동양 최고로 물 좋았던 경주다. 원래 처용은 이곳 출신이 아니다. 고려와 조선을 거치며 악귀를 쫓는 궁중 무용이 된 〈처용무〉의 가면을 보면 처용은 아랍 사람이거나 흑인이다. 처용은 신라가 받아들인 이방인 문화의 상징이다. 경주는 21세기 서울 홍대 주변처럼 흑형, 아시아인, 양코쟁이들이 한데 섞여 땀을 빼며 춤을 추는 글로벌 도시였다. 요즘 매해 열리는 '글로벌 개더링' 같은 테크노 파티와 경주의 레이브가 비슷했을지 모른다.

풍만한 유방처럼 왕릉이 융기해 있는 이 천 년 고도는 우리가 즐겨온 풍류와 향락의 원천이다. 난잡한 산업화가 진행된 지금 같은 시대에조차 이토록 수려하고 아늑한데 하물며 신라 시대에였으랴! 처용이 살던 신라 49대 헌강왕 때는 통일신라 최전성기다. 『삼국유사』에는 헌강왕 때에 '거리마다 풍악과 노랫소리가 끊이지 않았다'고 기록되어 있다. 이 태평성대의 시절에 처용은 빼어나게 아름다운 동방의 수도 경주에서 '밤새' 논다.

> 서울 밝은 달 아래
> 밤 깊도록 노닐다가

경주 레이브의 조명은 '밝은 달'이다. 달빛 아래 춤춰본 사람은 알지. 온 세상을 보일 듯 말 듯 모호한 빛의 블러로 감싸는 달빛. 은은한 그 빛의 옷을 입으면 존재의 윤곽이 무너지고 공간과 그 속의 사물들이 섞인다. 서로를 지우고 서로를 받아들인다. 모든 것이 신비롭고 모두가 사랑스럽다. 달빛은 지구에서 경험할 수 있는 최고의 조명, 누구라도 사랑에 빠뜨리는 사랑의 묘약이다.

달빛으로 촉촉이 씻긴 사람들이 연인의 품속 같은 경주 벌판에서 빙글빙글 돌며 강강술래 같은 군무를 췄으리라. 얼굴 모르는 파트너가 끝없이 바뀌는 사랑의 춤을 췄으리라. 그때 흐르던 유장한 음악이 귓가에 들리는 듯하다. 새의 지저귐과 바람 소리가, 동물의 원초적인 울부짖음과 천둥소리가 느리고 여백이 많은 장단과 조화를 이루는 음악이었으리라. 사람들은 처용과 함께 춤추고 노래하며 점점 취하고, 하나가 되고, 서로를 만졌으리라. 누가 누군지 구별하지 않고 사랑했으리라. 그렇게 들에서, 물레방아 옆에서, 첨성대 뒤에서, 포석정에서, 남산 기슭에서, 누워서, 서서, 부둥켜안고, 두 손을 잡고 서로의 눈을 바라보며 사랑을 나눴으리라. 황홀하게 트랜스되어 먼 세계로부터 울리는 합일의 목소리를 경험했으리라.

사실 「처용가」의 첫 구절은 이미 이 노래의 전체를 압축하고 있다. 이 시는 황홀한 놀이에서 시작해서 다시 황홀한 놀이로 귀결될 것이기 때문이다. 그러나 중간에 반전이 있다. 그것도 큰 반전이.

> 들어와 잠자리를 보니
> 가랑이가 넷이로다

잘 놀고 새벽에 집에 와보니 부인이 외간 남자와 놀고 있다. 술이 확 깬다. 요즘 남자 같으면 갑자기 기분이 확 잡치고 정신이 번쩍 들면서 증거 영상이라도 찍으려고 떨리는 손으로 휴대폰을 주섬주섬 찾아 쥐겠지. 그러나 그렇게 소인배처럼 행동했다면 처용이 천 년 넘게 최고의 풍류가로 칭송되었겠나?

처용은 평정심을 잃지 않는다. 어쩌면 술과 사랑의 묘약에 너무 취해서 여전히 비몽사몽 상태였을 수도 있다. 그것도 클러버의 미덕이다! 처용은 두 팔 걷어붙이고 다짜고짜 이 연놈들 욕지거리 하며 달려드는 대신 허허 웃는다. 그냥 웃는 것도 아니고, 요! 요! 처용 인 다 하우스 첵! 첵! 첵 잇 아웃! 운을 맞춰가며 랩을 하기 시작한다. 이 랩에서 눈에 띄는 건, 처용이 이런 상황에서도 뒤엉킨 두 사람의 얼굴을 공개하지 않는다는 점. 요즘 힙합이 상호 디스전에 목숨 거는 것과는 대조적이다. 처용은 절대 디스하지 않는다. 얼마나 대인인가! 헤어진 애인에게 앙심을 품고 이상한 동영상을 만천하에 뿌려서 한 사람의 인생을 갈가리 찢어버리는 저질들과는 차원이 다르다. 아무리 불륜의 현장을 목격했어도 신상 공개를 하지 않고 그저 담담하게 다리만 묘사할 뿐이다. 그러나 다리만으로도 누가 누군지는 다 드러난다.

둘은 내 것이었는데
둘은 누구 것인고

처용의 아내는 빼어난 미녀였다.『삼국유사』에 의하면 헌강왕은 이방인인 처용을 어여쁜 배필과 맺어주고 벼슬을 내려 경주에서 살게 했다. 처용 아내의 다리는 날씬하고 눈부셨겠지. 다른 두 개의 다리는 털이 수북하고 근육이 울퉁불퉁. 다리만을 묘사하는 이 대목에서 처용의 찢어지는 아픔이 천 년의 시간을 넘어 전해진다. 차마 얼굴을 볼 수 없었던 처용. 앞으로는 아내를 똑바로 쳐다보지 못하겠지. 아내 역시 처용을 예전처럼 바라보지는 못할 것이다. 수치심과 원망으로 가득한 두 눈길이 각자의 궤적을 그리며 피해 간 그 자리로 깊은 불신의 골이 파인다. 한번 그렇게 상처 나 벌어진 사이는 영원히 좁혀지지 않는다.

그러나 처용은 노여워하지도, 땅을 치고 울지도 않는다. 부인과 놀아나던 외간 남자가 혼비백산, 어리둥절, 속옷을 챙기지도 못하고 알몸으로 갈팡질팡, 북어포처럼 몽둥이로 두들겨 맞을 마음의 준비를 하고 있는데, 처용은 손찌검을 하기는커녕 다리를 한쪽 옆으로 툭, 놓고 천천히 돌며 두 팔을 위로 축, 뻗는 춤을 추며(조선 궁중 무용 〈처용무〉의 춤사위가 이렇다), 늘어놓던 사설을 마무리한다.

> 본디 내 것이다마는
> 빼앗긴 것을 어찌하리오

아아아. 이이이건, 최고다…… 외간 남자에 대한 분노와 부인에 대한 원망을 곧이곧대로 드러내지 않고 그저 허탈한 체념으로 더 높은 차원에서 긍정한다. 이런 걸 보면 처용은 솔직하고 투명한 사람이었다. 제발 솔직하자, 우리. 내가 이렇게 노는데 너라고 안 놀겠니. 그래. 나도 놀아났다. 널 혼자 놔두고 밤새 클럽에서 테크노를 즐기다 왔다. 넌 외로워 잠 못 드는데 나는 얼굴도 모르는 여인들과 사랑의 춤을 췄다. 그래. 다 내 잘못이다. 그러니 누굴 탓하랴! 놀아라. 놀아나라. 우리 놀자. 놀아나자. 놀고 잊자. 울고불고 땅을 치지 말고 놀고 또 놀아 넘자. 넘어가자. 죽음을 넘자.

자, 봐라. 이젠 뭔지 알겠니, 얘들아. 이게 바로 멋이다.

가슴이 갈가리 찢어지는 슬픔을 부여안고 그 슬픔을 최고 경지의 풍류로 감싸는 걸 우리는 '멋'이라고 부른다. 이것이 멋의 정의다. 그 멋의 황홀함. 황홀한 멋. 처용이 우리에게 보여준 것은 '진짜 멋'이다. 진짜 멋은 음악 기호로 치자면 쉼표 속에 숨어 있다. 폭력의 칼이 음표라면 해학과 체념이 쉼표다. 있는 대로 내뱉는 저주가 음표라면 감정을 한 박자 죽이고 고통을 숨긴 채 덩실덩실 어깨춤 추는 것이 쉼표다. 아프리카 사람들이 그렇게 하지 않았나. 그들의 발이 춤을 출 때 뺨에서는 눈물이 흐른다. 이것이야말로 죽음과 원망의 단계를 넘어서는 풍류로서, 그 풍류는 황홀의 계단을 밟고 사람의 감정을 넘어 어느덧 초인적인 것이 된다. 그것은 또한 음악의 정의이기도 하다. 그렇게 쉼표 자체, 음악 자체가 되는 바로 그 순간, 처용은 신이 된다. 멋의 신, 레이브의 신. 멋이 넘치는 초월적 인격체 처용을 맨눈으로 목격한 외간 남자가 옷도 못 챙기고 마당으로 뛰어나와 무릎을 꿇는다.

'어떻게 노여워하시지도 않고 이토록 플로가 좋은 라임으로 랩을 펼치실 수가! 정말 너무너무 멋지십니다. 형님으로 모시겠습니다. 부인이 너무 아름다우셔서 그만…… 제가 큰 실수를 저질렀습니다. 다시는 이러지 않을 테니 용서해주시는 걸로 알고……'

역신이 그 자리에서 물러난다. 이렇게 처용은 특유의 해학과 풍류로 아내를 범한 역신을 물리친다. 그리고 길이길이 기억되고 모셔진다. 심지어 21세기가 된 지금까지도 처용은 악귀를 쫓는 멋의 화신으로 당집에 모셔져 있다.

처용은 역신과 결투하는 순간에도 제대로 놀아젖힌 사람이다. 처용은 하도 잘 놀아 악귀까지 물리친 최고의 멋쟁이다. 천연두나 홍역 같은 열병을 일으키는 역신을 쫓아냈다는 것은 어쩌면 다른 상황의 상징인지도 모른다. 열병에 걸린 아내를 치유하기 위해 처용이 추는 황홀한 주술적 의식의 일부가 이렇게 표현된 것일 수도 있다(처용을 무당으로 보는 견해가 있다).

그런데 전쟁이 아니라 '멋'으로 악귀를 물리친다는 것, 바로 이게 처용 신화의 배후에 있는 가장 중요한 메시지다. 멋으로 악을 쫓는다. 때리거나 죽이지 않고 같이 놀아나며 돌려보낸다. 그것이 처용의 역할이다. 그게 우리 식이다. 아무나 우두머리가 되는 게 아니다. 폭력은 똘마니들이 쓰고 진짜 멋진 우두머리는 그저 놀 뿐.

이제 고개를 서역으로 돌려보자. 동양에 처용이 있다면 서양에 는 비극의 원천 기술자 디오니소스가 있다. 비극은 어디서 시작됐 나. 니체는 디오니소스적 '중독'을 붙들려는 황홀경에 빠진 코러 스에서 비극이 비롯됐다고 본다. 그렇게 따지면 고대 그리스의 춤 과 음악, 특히 음악에서 비극이 태어났다. 음악은 왜 비극적인가. 사라짐을 위해 존재하기 때문이다. 음악을 통해 지금-여기에 동 기화된 현존의 시간이 가장 리얼하고 황홀하게 체험되지만 그 황 홀이 흘러가주지 않으면 음악은 존재하지 않는다. 멈춰 있는 음악 이라는 것을 상상할 수 있나. 음악은 체험되는 황홀, 사랑의 즐거 움이다. 그러나 동시에 그것들이 매 순간 사라져버리고 마는 '환 상'에 지나지 않는다는 것을 드러내는 일이다. 니체는 『비극의 탄 생』에서 '죽음이 가장 나쁘고 그다음 나쁜 것은 언젠가는 죽는다 는 것'이라고 역설적으로 쓴다. 음악은 사라지기 위해, 죽음을 위 해 존재한다. 동시에 삶의 시간이 영원을 향해 메아리치며 사라지 는 애절한 외침이다.

디오니소스는 왜 비극적인가. 어머니가 둘이기 때문이다. 그의 별명은 '디메토르(Dimetor)' 즉 어머니가 둘인 자다. 친어머니 세

멜레는 번개로 둔갑한 제우스와 사랑을 나누다 그 자리에서 타 죽었고 그때 잉태된 디오니소스는 제우스의 허벅지에서 자랐다.

디오니소스는 갈가리 찢어진 자. 실제로 오르페우스 의식이나 디오니소스 의식에서는 절정에 이르러 디오니소스상을 산산조각내는 대목이 존재한다. 이집트의 의식에서는 오시리스를 그렇게 한다. 이런 의식의 단계는 티베트의 조장(鳥葬)을 연상시키기도 한다. 새가 쪼아 육신이 뜯어지고 영혼은 드디어 육체에서 해방된다.

가슴이 찢어지는 아픔을 가지고 태어난 디오니소스는 슬픔을 잊고 멋지게 놀아나는 황홀의 제사장이 된다. 본질적 슬픔을 잊으려면 황홀에 빠져야 한다. 법열의 상태에서 단순한 망각을 넘어서는 '회복'이 존재한다. 그것 자체가 방랑이다. 엑스터시의 순간에는 늘 저편이 어른거린다. 억겁의 세월을 넘는 우주적 방랑이다. 리듬과 멜로디의 공명 속에서 그냥 죽어버리자는 체념적 결단은 공동 운명의 맥놀이로 승화되고 거기서 기쁨의 눈물과 지고의 쾌감이 솟아난다. 음악 하는 사람들을 보라. 크게 욕심이 없다. 세상 바깥에서 대마초 피우며 그냥 흥얼거리다 죽어버려도 좋다. 음악으로 출세하겠다는 아이돌 장사꾼, 몇 년씩 감금 상태에서 노예처럼 수련을 하는 아이들은 진정한 음악의 정반대편에 있다고도 할 수 있지만, 예술성을 따지기는커녕 순간적으로 인기를 얻고 사라져버리고 말 극단적으로 덧없는 음악을 과감하게 하는 것을 보면 음악의 본질에 가장 가까운 부류인지도 모른다. 아이돌 음악을 들으면 한없이 슬프고 무상하게 느껴진다. 철학적 이념이나 사상 따위는 안중에도 없는 비아폴론적 황홀과 돈맛 추구의 도구가 된 상업 음악이 진지한 바그너만큼이나 음악적 본질에 충실한 음악으로 느껴질 때도 없지 않다. 그들이나 모차르트나, 음악 안에서는 하나다.

포도의 신인 디오니소스는 이집트, 시리아, 아시아 전역을 떠돌며 포도 재배를 전파하는 동시에 '술'을 가르쳤다. 인류의 가장 오래된 술 선배가 디오니소스라니! 이 술 선배는 팀파노스*를 두드리며 동방으로의 방랑을 떠나 인도 부근에서 놀아나다가 자취를 감춘 것으로 되어 있다. 이것은 디오니소스 신화가 동쪽으로 전파되었음을 의미한다. 처용 역시 서쪽에서 왔다. 그는 디오니소스의 동양적 해석을 품고 있다.

'향가' 「처용가」가 가장 극적인 사건이 펼쳐지는 클라이맥스만을 전하고 있는 반면, '고려가요' 「처용가」는 더 자세하고 세밀하게 처용의 배후에 대해 묘사하고 있다. 특히 2연은 처용의 외모와 됨됨이를 그려내고 있는데, 이런 대목이 있다.

---

* 손으로 치는 탬버린 비슷한 북.

아아 아비의 모습이여 처용 아비의 모습이여
머리 가득 꽃을 꽂아 무거워 기울어지신 머리에

무당의 모습일 수도 있지만, 이 '처용 아비'의 차림새는 영락없는 히피의 모습이다. 샌프란시스코에서는 머리에 꽃을. 히피들은 인도나 티베트의 동양적 제의에 관심이 많아 그 형식과 디테일을 자신들의 축제에 베껴 써먹었다. 디오니소스는 세상천지를 방랑하며 노래한 인류 최초의 히피였다. 처용을 동방의 디오니소스, 신라의 히피라고 해도 좋다. 계속해서 고려가요 「처용가」는 처용을 이렇게 묘사한다.

산의 기상과 비슷한 무성하신 눈썹에
애인을 바라보는 것 같은 원만하신 눈에
바람이 찬 뜰에 들어 우그러지신 귀에
복숭아꽃같이 붉으신 얼굴에
오향 맡으시어 우묵하신 코에
아아 천금을 머금으시어 넓으신 입에

이건 어떤 사람의 모습인가. '붉으신 얼굴'과 '넓으신 입'은 처용이 흑인의 피 또는 최소한 아랍이나 인도의 혈통을 이어받은 사람이 아닌가 추측하게 만든다. 처용이라는 존재 자체가 국제적인데,

그의 외모 역시 하나의 인종이 아닌 여러 인종의 혼합형으로 봐야 하지 않을까. 아예 고려가요 「처용가」는 처용 신화의 기원에 놓인 다성적 의미를 다음과 같이 분명하게 설명하고 있다.

> 누가 만들어 세웠는가 누가 만들어 세웠는가
> 바늘도 실도 없이 바늘도 실도 없이
> 처용 아비를 누가 만들어 세웠는가
> 많고 많은 사람들이여
> 열두 나라가 모여 만들어 세운
> 아아 처용 아비를 많이도 세워놓았구나

이 멋진 노랫말은 처용이 어떤 존재인지 잘 설명하고 있다. 처용의 복수성은 그 배경에 있는 문화의 복합성을 상징한다. 통일신라는 동양의 낙원으로 소문이 자자했다. 한번 들어가면 눌러앉아 살고 싶어진다는 소문이 아랍인들에게까지 퍼진 나라가 바로 신라다. 우리가 배운 대로 그리스 헬레니즘 문화는 알렉산드로스의 출정길을 따라 동쪽으로 전해진 끝에 경주까지 먼 길을 여행하여 하나의 문화적 정착지를 발견한다. 「처용가」에서 드러나는 것은 명백한 그 흔적이다. 처용은 디오니소스의 동양적 변신이다. 물론 디오니소스 신화와 처용 신화는 다른 점도 있다. 디오니소스에서 '비극'이 탄생했다면 처용에게서는 '멋'이 탄생했다. 그 멋은 '부재'로 부터 온다. 또는 있는 것을 괄호 치는 침묵의 행위로부터 온다.

처용은 왜 비극적이고 또 비극을 넘어서나. 그것은 처용이 쉼표의 음악이기 때문이다. 음악에서 음표만큼 중요한 것이 '쉼표'다. 쉼표는 부재의 기호다. 가령 미술에서의 여백과 같은 것인데 여백은 그저 '없는 것'이지 없음의 기호는 아니다. 그러나 음악에서는 바로 이 '부재의 기호'가 모든 것을 만든다. 음악을 통해 우리가 표현하는 것은 음표라기보다는 쉼표들에 의해 그 존재가 드러난 음표들, 궁극적으로는 음표의 배후에 존재하는 비밀인 쉼표들이다. 처용의 아내와 역신이 다리가 넷인 욕망의 괴물이 되는 동안 처용은 거기 없다. 처용이 그 현장과 동기화되는 순간에는 얼굴이 없다. 살해욕이 치미는 순간 처용은 그 본능적인 감정마저 지운다. 바그너 식, 니체 식으로 말하면, 그때 비극은 멋으로 변용(transfiguration)된다. 처용이 쉼표 속에 넣어놓고 표현하지 않은 것, 그 안에 진정 음악이 드러내려는 것이 있다. 바로 그 드러냄을 통해 디오니소스의 동양적 변신이 이루어진다. 음악은 비극 자체지만, 소리를 내는 자신의 운명 자체를 쉼표 속에 넣어 황홀히 망각함으로써 비극을 넘어선다. 그게 바로 처용의 '멋'이다.

청산별곡

작사·곡 미상

살어리 살어리랏다
청산애 살어리랏다
멀위랑 다래랑 먹고
청산애 살어리랏다
얄리얄리 얄라셩 얄라리 얄라

우러라 우러라 새여
자고 니러 우러라 새여
널라와 시름 한 나도
자고 니러 우니로라
얄리얄리 얄라셩 얄라리 얄라

가던 새 가던 새 본다
믈 아래 가던 새 본다
잉 무든 장글란 가지고
믈 아래 가던 새 본다
얄리얄리 얄라셩 얄라리 얄라

이링공 더링공 하야
나즈란 디내와손뎌
오리도 가리도 업슨
바므란 또 엇디 호리라
얄리얄리 얄라셩 얄라리 얄라

어듸라 더디던 돌코
누리라 마치던 돌코
믜리도 괴리도 업시
마자셔 우니노라
얄리얄리 얄라셩 얄라리 얄라

살어리 살어리랏다
바라래 살어리랏다
나마자기 구조개랑 먹고
바라래 살어리랏다
얄리얄리 얄라셩 얄라리 얄라

가다가 가다가 드로라
에정지 가다가 드로라
사사미 집대예 올아셔
해금을 혀거를 드로라
얄리얄리 얄라셩 얄라리 얄라

가다니 배브른 도긔
설진 강수를 비조라
조롱곳 누로기 매와 잡사와니
내 엇디 하리잇고
얄리얄리 얄라셩 얄라리 얄라

공민왕의 노래
「청산별곡」환청기 1

「청산별곡」. 이 아름답디아름다운 노래는 어떤 사람들이 무슨 옷을 입고 어떤 표정으로 불렀을까? 음색은 어땠을까? 음악 소리가 울려 퍼졌을 실내 또는 실외의 공간에서는 어떤 향기가 났을까? 듣는 사람들의 모습은 어땠을까? 어떤 마음으로 어떤 기분을 느끼며 이 노래를 들었을까? 노래하는 사람-음악인들과 듣는 사람-청중은 어떤 분위기의 한 무리를 만들어내며 자신들이 있는 공간에 속속들이 스며들었을 그 소리의 물결을 타고 있었을까?

이 금싸라기 같은 노래도 처음에는 누군가의 간단한 흥얼거림에서 시작했을 것이다. 두드림이나 손뼉으로 출발했을 것이다. 노래 만들기는 창틈으로 비껴 들이친 빛 속을 유영하는 먼지들을 직조하여 옷을 만드는 일이다. 맨 처음, 텅 빈 곳을 부유하는 실오라기 같은 먼지의 DNA를 뽑아내듯, 허공 속으로 덧없이 섞여드는 낮은 소리로, 실제로 입속의 혀를 도르르, 굴리며 살어리랏다, 라고 발음했던 그 또는 그녀는 누구였을까? 그 누가 원망스러웠을까? 아니면 누가 그리웠을까? 그 무엇이 슬퍼서, 그 누구에게 버림받아서 독한 마음 먹고 세상을 등지며 스스로 다짐하듯 청산에 살어리랏다, 라고 발음했을까?

머루랑 다래랑 조개를 먹는 페스코 채식주의자의 식단을 과감히 선택한 그 또는 그녀는 담백한 사람이었을 것이다. 노래의 오심을 떨리는 마음으로 받아들였을 최초의 그 또는 그녀는 담담하고 참을성 있는 사람이었을 것이다. 처음의 흥얼거림으로 노래의 몸은 비로소 드러나기 시작한다. 그 또는 그녀는 설렘을 억누르며 아주아주 천천히 노래의 옷이 남김없이 벗겨질 때까지 기다렸을 것이다. 그때 달빛이라도 비쳤을까?

이 아름다운 우리말 발음의 향연을 창조한 사람은 연구되거나 전해진 대로 유랑민들이었을까? 실연당한 사람이었을까? 아니면 노장사상에 영향을 받은 고려 후기의 지식인이었을까? 외로운 고려 출신 테러리스트였을까? 삼별초의 단원이었을까? 하긴 듣기에 따라서는 산에 사는 빨치산이 나라 잃은 슬픔과 은둔 생활의 고단

함을 풀기 위해 만들고 불렀을 법도 하다.

조선 중기에 묶은 악보집인 『시용향악보』에 「청산별곡」의 음계와 장단이 전해진다. 이 귀중한 악보가 세월을 견뎌 전하는 바에 의하면 「청산별곡」은 평조에 3소박 4박자(8분의 12박자)라고 한다. 오선보로 채보한 노래를 흥얼거려본다. 내림마장조 또는 관계조인 다단조의 이 노래는 오르내림이 단아하고 자연스럽다. 처음에 가운데서 시작해서 올라갔다가, 더 높이 올라간다. 그랬다가 다시 내려오고, 더 내려온다. 천천히 산에 오르는 발걸음하고 비슷하다. 나무를 스치는 바람 소리를 내는 피리들과 가사에도 등장하는 해금 여럿이 연주한 주선율이 편경과 북 소리와 섞이면 장중한 느낌마저 들 듯하다. 두보의 유명한 절구에 나오는 표현대로 '산청화욕연(山靑花欲然)', 자신이 온통 푸르러 그 안에 핀 꽃들이 불붙는 듯 보이게 하는 청산의 무위(無爲). 하지 않고도 하는 그 근엄한 자태가 이럴 법하다.

최근에 나는 안동 청량산에 있는 공민왕의 사당에 가보았다. 평소 공민왕을 동방의 상처 입은 디오니소스로 마음속에 모시던 나는 며칠간을 정처 없이 떠돌 수 있는 특별하고도 우연한 기회를 얻어 여기저기를 헤매다가 문득 작심하여 가게 된 것이다. 결론적으로 말하면, 거기서 「청산별곡」의 환청을 들었다. 그리고 혹시 청산이 청량산은 아닐까 하는 근거 없는 추측을 해보았다.

「청산별곡」은 어쩌면 공민왕의 혼백이 지은 노래인지도 모른다. 고려 31대 왕 공민왕은 즉위 후 10년, 그러니까 1361년에 일어난 제2차 홍건적의 난을 피해 이 깊은 청량산에 들어가 저항과 개혁을 꿈꾸었다. 그러나 1374년, 신하의 손에 죽임을 당하는 불의의 변으로 저승으로 가지도 못하고 구천을 떠도는 혼백이 되었다. 공민왕이 머물 때 그 기백과 높은 뜻과 인품에 감화를 받은 산성마을 주민들이 사당을 짓고 그때부터 지금까지 매년 제를 올려 공민왕을 청량산을 지키는 신령으로 모시고 있다. 아직도 그 깊은 산 공민왕 사당 바로 밑 산성마을에는 민가가 띄엄띄엄 있다. 인기척이 나자 개가 짖고 할머니 한 분은 그 소리도 안 들리는지 양지바른 데 나와 옷에서 뭔가를 자꾸 떼어내고 계셨다.

청량산은 의외로 깊은 산이었다. 쉽게 나올 것 같던 공민왕 사당은 가도 가도 나오질 않았다. 갈림길도 많았다. 청량산 축융봉 산성마을을 지나쳐 나 있는 가파른 산길을 따라 한참을 가다 보니 초라할 만큼 아담한 사당이 비로소 나왔다.

인적도 끊겨 적막한 깊은 산중에 흰 버섯 한 뿌리가 홀로 피어 있었다. 독인지 꿈인지를 품고 있는 모시 적삼 버섯은 썩은 나무 뿌리의 호위를 받으며 이슬땀을 흘렸다. 버섯의 하얀 갓이 빙빙 도는 턴테이블 같았다. 돌고 돌며 왕의 맺힌 넋이 가쁜 숨을 넘기기 직전의 시간을 영원히 반복하고 있었다. 그 장단의 탄력으로 버섯은 옛 왕국을, 사라진 나라를, 온몸이 불에 덴 듯 뜨거운 연인의 나신을, 아름다운 친구들의 무리 진 그림자를 노래의 내용으로 담았다. 구부러진 산길들은 이파리만큼 많은 이야기를 품고 있다.

길이 서로 대화하는 내용을 엿들었는데, 그것은 「청산별곡」의 가사와 비슷했다. 길은 두런두런 낮은 목소리로 지나간 시간을 걸었던 사람들과 공민왕의 말벗이 되어 주고 있었다. 역사의 발자국이 청량산 깊은 계곡 산짐승의 발 박자와 겹쳤다. 길은 듣고 있었다. 그 모든 어울림을. 저 절벽에 매달렸던 소나무들의 사연을.

길은 지금의 나와 더불어 듣는다. 사당의 문틈으로 새어 나오는 신음의 가락을. 가만히 들으니 신음의 간격이 일정하다. 그 사이로 검은 심연이 보인다. 저승이 코앞이다. 넓은 벼루 안에서 공민의 얼이 먹 간다. 아직도 부릅뜬 두 눈엔 절망의 구슬이 하얗게 박혀 있다. 번민의 나날들을 노래의 힘으로 버텨왔다. 노래는 눈처럼, 버섯처럼 하얗게 내린다. 그렇게 가는 거다. 간절한 기도를 애원에 가깝게 접고 또 접어 문틈으로 겨우 밀어 넣었다. 나의 기도는 블랙홀보다도 먼 또는 가까운 더딘 떨리는 빛나는 어여쁜, 공민의 가부좌한 무르팍 위로 톡 떨어졌다. 마침내 큰 달이 뜨고 왕은 노래의 선물을 허락했다.

리을, 노래를 지배하다

「청산별곡」 환청기 2

목소리를 보다 오래 저장하기 위해 문자가 태어났다. 문자는 간단한 의성어로 소리를 보관하기도 하고, 보다 긴 문자적 재현으로 그렇게 하기도 한다. 모든 시는 저장된 목소리다. 다시 말해 '녹음'이라는 것이다. 에디슨이 녹음기를 발명한 이래로 소리는 녹음기에 기록되지만, 그 이전까지 모든 소리는 문자로 녹음되었다. 그래서 인류의 책꽂이에 저장된 문자를 해독하는 모든 행위는 '소리의 고고학'을 실천하는 것이기도 하다. 앞으로 소리의 고고학이라는 새로운 개념의 인문학을 진지하게 연구할 때가 올 것이다.

이론적으로는, 한번 진동한 파장은 영원히 멈추지 않는다고 한다. 이퀼리브리엄(equilibrium) 즉 평형상태에 도달하면 파장이 잦아든 것으로 보이지만 사실 0의 이퀼리브리엄은 존재하지 않는다. 다만 소멸됐다고 가정할 뿐이다. 한번 울린 소리 역시 영원히 사라지지 않는다. (파장은 진행하므로) 우주의 어느 끝에는 아직도 수백 년 전 어떤 사람들의 연주로 지구상에 존재했다가 연기처럼 사라졌을 소리의 파장이 울리고 있을지도 모른다. 그 파장을 붙들어 증폭해 재현하는 기술이 미래에 개발될 수도 있다.

얄리얄리 얄라셩 얄라리 얄라

「청산별곡」에 나오는 너무나 유명한 후렴구는 참으로 아름다운 소리 보관 사례 가운데 하나다. 녹음기가 있다면 녹음했겠지만, 글자가 있으니 적어두는 수밖에 없었겠지. 그런데 참 잘도 적었다. 이 글자들이 어쩌면 이렇게 예쁠 수 있을까. 혀를 굴려서 소리를 내봐도, 그냥 맨눈으로 글자를 쳐다만 봐도 너무너무 예쁘다. 예뻐 죽겠다.

「청산별곡」의 이 신비스러운 후렴구에 빠진 것은 고등학교 때였다. 아무리 바라봐도 어여쁜 문자들이 두둥실 떠 있는 언어의 호수에서 뜻은 솟아오르지 않는다. 대신 모호함의 안개가 자욱한 가운데 우주 저 끝으로 사라졌을, 그러나 수백 년 전의 그 순간에는 진짜로 울려 퍼졌을 음파의 붙들 수 없는 옷자락이 환청인 듯 귓전을 스쳐 가는 것을 느낀다. 그럴수록 뚫어지게 이 글자들을 바라보며 밤이 깊어갔다. 마치 사라진 민족의 민요를 발견하기라도 한 것처럼, 평범한 산책로에서 갑자기 마주친 오래된 유적 앞에 선 듯, 가슴이 떨리고 심장이 진동했다.

나는 홀려버렸다. 그때는 내가 누굴 좋아하는지 알지 못했다. 그냥「청산별곡」안에 빠져들어갔다. 보면 볼수록 홀리고 또 홀려 그 리듬 안으로 말려들어갔다. 빙글빙글 돌며 내 존재의 먼 고향을 환기시키는 무언가가 있었다. 언어의 리듬이 주는 아름다움을 처음 발견하던 순간이었다.

이 후렴구는 '왓뚜와리와리' 같은 여흥구 노릇을 하기도 하지만 피리 소리를 문자로 저장한 것일 수도 있다. 어떤 악기인지 정확히 알긴 힘들지만 소리의 느낌이 피리 부는 것 같지 않은가. 그렇다면「청산별곡」이라는 노래의 가사 사이사이에 피리 반주가 있었다는 짐작도 해볼 수 있다. 피리가 아니더라도, 가사 부분과 악기의 간주가 서로 '메기고 받는' 형식의 노래를 문자로 재현하고 있다는 것은 확실해 보인다.

이처럼 '보관된 소리'인「청산별곡」을 소리의 차원에서 잘 뜯어보면, 노래 전체를 지배하고 있는 음소가 발견된다. 한눈에 봐도 그것은 'ㄹ'이다. 나는 한동안 리을에 미쳐 있었다. 그래서 『ㄹ』이라는 시집도 낸 적이 있다(민음사, 2012).

우리말 자모 'ㄹ'. 볼수록 오묘한 글자다. 위는 왼편이 터졌고 아래는 오른편이 터졌다. 오른쪽으로 가다가 꺾여 내려와 다시 왼편으로 가다가 꺾여 또 타고 내려와 끝내 오른편으로 가는 글자. 왼쪽이 오른쪽에, 오른쪽이 왼쪽에 열려 다가가 있는 글자다. 이 각진 리을을 둥그렇게 깎아보자. 그러면 태극이다. 그냥 일직선이 아니라 당신 쪽으로 저만큼 들어가 있고 내 쪽으로 이만큼 밀려와 있는 태극의 리을은 역동적이다. 빙글빙글 꼬인 스프링이 도약의 발판이듯, 리을도 도약의 발판이다. 리을을 태극으로 형상화한 것을 보면 참 한글은 속 깊게도 만들어졌다.

리을은 사랑의 음소다. 리을의 지배는 보편적이다. 우리말뿐 아니라 그 어떤 나라의 말로 된 시를 보아도 리을이 언어적 회전의 중심에 있다. 모든 말은 리을을 모신다. 아, 리을을 사랑해. '사랑하다'라는 단어에도 리을이 있다. 이응도 예쁘고 앙증맞고 동그랗고 우물처럼 파여 나를 빤히 쳐다보는 발음이긴 하지만 내 취향에는 단연 리을이 더 아름답다. 리을은 감싼다. 순환한다. 혀를 돌려야 리을이 된다. 리을은 아무것도 찌르지 않고 아무것도 붙들지 않는다. 리을은 시냇물처럼 졸졸 흐른다. 프랑스어의 사랑 '아무르', 이탈리아어의 사랑 '아모레', 영어의 사랑 '러브'. 리을은 사랑의 발음. 사랑해 사랑해 테키에로 아모레 미오 아이 러브 유. 연인들은 하루에도 수십 번씩 리을을 발음하고, 키스할 때 혀를 돌돌 말아 겹리을을 만든다.

물론 리을의 향연에 리을만 있는 건 아니다. 그러면 심심하지. 리을 언니의 주변엔 언제나 사내들이 많다.

　　살어리살어리랏—다

'랏!'에서 끊긴다. 살어리살어리 하며 살살 올라가다가 펄쩍 뛰어내린다. 살어리살어리 두 번 반복되며 유장하게 휘감은 춤사위가 '랏'에서 딱! 절도 있게 한 번 끊기면서, 때리는 음인 '다'로 넘어간다. 돌고 돌다가 탁! 끊고 쿵 때리며 정신 나게 하고 다시 돌아간다. 기본은 돌아가야 하는 것. 돌지 않으면, 계속 반복하지 않으면 노래는 없다. 그러나 무조건 돌기만 하면 어지럽고 구역질 나고 퇴폐스럽다. 컷! 치고 빠져줘야 하고 맺고 다시 감아야 한다. 가다 서고 돌다 멈추고 다시 돌고 돌아 1연, 2연, 얄리얄리 후렴구로 갔다가 다시 나와 돌고 돈다. 나왔다가 들어오고 돌다가 멈춰야 하는 이유는 무엇인가. 그래야 올라가기 때문이다. 가마꾼들, 올라가기 힘들지. 상여꾼들, 혼백을 하늘나라 보내기 힘들지. 그래서 노래한다. 리을은 평지를 빙글빙글 도는 것이 아니라 약간 경사진 언덕배기를 올라가는 노래의 수레에 달린 바퀴다.

그래. 리을은 괴테가 파우스트의 맨 끝줄에서 말한 '영원한 여성성'의 음소적 발현이다. 리을은 바퀴다. 리을은 말을 실어 시가 사는 곳으로 날라주는 예쁜 자동차다.

경기 아리랑

작사·곡 미상

아리랑 아리랑 아라리요
아리랑 고개로 넘어간다
나를 버리고 가시는 임은
십 리도 못 가서 발병 난다

아리랑 아리랑 아라리요
아리랑 고개로 넘어간다
청천 하늘엔 별도 많고
우리네 가슴엔 수심도 많다

아리랑 아리랑 아라리요
아리랑 고개로 넘어간다
저기 저 산이 백두산이라지
동지 섣달에도 꽃만 핀다

아리아리 쓰리쓰리

「아리랑」 해석 시도 1

2009년, 몽골 울란바토르에서 출발하여 러시아 바이칼호(湖)로 가는 여행을 한 적이 있다. 열차를 타고 북쪽으로 밤새 달려 다음 날 낮에 국경에 다다랐다. 몽-러 국경 검문소를 통과하는 데 여섯 시간이나 걸렸다. 몽골 요원이 걷어 간 여권을 우람한 시베리아 흑곰을 연상시키는 정복 차림의 러시아 요원이 돌려줬다. 일행은 러시아 울란우데에서 기차를 내려 다섯 시간 동안 버스로 달린 끝에 바이칼호에 도착했다. 거기서 다시 배를 타고 바이칼의 심장으로 일컬어지는 '알혼섬'에 들어갔다.

시베리아에서 가장 성스럽고 신비로운 섬이라는 이곳을 방문했을 때 나는 소스라치게 놀랐다. 직감적으로 이 머나먼 섬이 나의 고향이라는 느낌이 들었기 때문이다. 그런 종류의 기시감은 처음이었다. 드넓은 바이칼호는 자신이 원래 바다였음을 알려주기 위해 검푸르게 빛났다. 물 빛깔이 동해와 같았다. 또한 그 위에 떠 있는 신령스러운 알혼섬의 해변 풍경은 해송들이 정답게 늘어서 있는 강릉 바닷가 풍경과 너무도 비슷했다. 이 땅에 와락 안기고 싶어서 눈물이 날 지경이었다. 거기 사는 부랴트 사람들도 놀랍게 친근했다. 아주머니들이 다 고모 이모 같아 보이는 게 믿어지지 않았다. 어제 떠난 옆 동네에 놀러 온 기분이었다.

'알혼'은 '드물다, 메마르다'의 뜻이라고 한다. 그러니까 알혼섬은 '인적이 드문 섬, 메마른 섬'쯤으로 해석될 수 있다. 그러나 알혼은 '아리' 또는 '아르', '알', '아라' 등 모음 '아'와 '리을'을 덧붙여 발음하는 낱말들과 어원적으로는 한 묶음이다.

사실 '아리'라고 말하는 것은 멀리 바이칼호에서 남하하여 몽골 초원을 거쳐 백두대간에 이르는 드넓은 지역에 퍼져 살아온 동북아 기마민족의 언어생활에서 매우 유서 깊은 일이다. 그 흔적은 여러 문헌에서 찾아볼 수 있는데, 대표적인 것이 광개토대왕비에 한강을 '아리수(阿利水)'라고 적은 것이다. '아리'는 '크다는 뜻의 옛 우리말'이라고 사전에 나와 있다. 이런 걸 보면 한강은 큰 물이다. 몽골어의 '아리'는 '깨끗하고 성스러운'이라는 뜻이라 한다. 옛

문헌에 몽골 고원에서 발원하는 흑룡강(아무르 강)도 아리수라 했고 압록강도 아리수라 적었다고 한다. 성스럽고 큰 물에는 다 '아리'라는 말이 붙는 걸 알 수 있다.

또한 '아리'는 '생기다, 존재하다'의 뜻이 되기도 한다. '알'이라는 이름씨 낱말을 보면 자명해진다. 일본말의 '아리(ぁり)'도 우리말의 '알'과 같은 어원이라 볼 수 있다. 존재의 가능태, 씨앗이 '알' 아닌가. 일본어 사전에 보면 '아리'는 '존재, 가능, 있다, 살다'의 뜻이다. 동북아시아에서 '아리'는 고대로부터 '기원'이라는 뜻으로 쓰인 것이다. 기원이 되는 큰 존재를 가리킨다면, 아리는 생명의 원천이 되는 대자연일 수도, 신일 수도 있다. '아리수'는 큰 강도 되지만 '생명의 원천인 성스러운 물', '신이 내린 물'이라는 뜻이 된다.

이처럼 '아리'는 크고 성스럽고 순결한 기원을 뜻하지만 거기에 더해 '아리땁다'는 낱말에서 알 수 있듯 '아름답다'는 뜻과도 불가분의 관계다. 이 활용은 '아리'라는 어원에서 나온 파생적 쓰임일 것이다. '아름다움'은 본질적인 것의 현현, 다시 말해 근원적 있음의 존재 양태, 그림자라 할 수 있다. 우리 민족의 미의 기준이 어디에 있는지 어원적으로 알 수 있는 대목이다. 그냥 예쁜 것이 아니라 성스럽고 깨끗하고 큰 것, 다시 말해 어떤 기원이 되는 혼령 내지는 신적인 존재로부터 유래한 됨됨이가 아름다움이라는 생각이다. 사실 아름다움에 대한 이러한 플라톤적 태도는 고대인 모두 공통적으로 지니고 있던 것이다. '아리'에서 나온 신성한 빛줄기, 다시 말해 '아리의 아이'가 아름다움인 것이다. 이 '아름다움'은 아무 데나 함부로 갖다 붙이는 말이 절대 아니다. 아름다운 것은 귀한 것, 드문 것이다. 알혼섬의 '알혼'이 이 대목에서 다시 통한다. 알혼섬은 인적이 드문 섬일 수도 있고 귀한 섬, 흔치 않은 섬일 수도 있다.

'아리'는 또한 '아프다'는 말과도 이어진다. 태양을 맨눈으로 보면 눈이 멀고, 불 속에 들어가면 살이 타고, 물 깊은 곳에 잠기면 숨이 막히고, 흙 속에 들어가면 썩는다. 큰 존재에서 비롯되는 에너지와 닿으면 우리의 여린 몸은 위독해진다. '혀가 아리다'고 하는 데서 알 수 있듯 아린 것은 매우 구체적인 살의 통증을 뜻한다. 눈이 '아리다'고 하면 눈이 부시다는 말이 되기도 한다. '으리으리하다'는 말이 어디서 나왔는지 짐작할 수 있다. '아리다'는 아프다는 뜻과 눈이 부시도록 휘황찬란하다는 뜻을 함께 품고 있다. 그래서 아리의 체험은 범인이 함부로 하는 것이 아니라 사제와 무당의 중계를 거쳐야 한다. 아프다는 뜻의 '아리다'는 그 짝이 되는 낱말로 '쓰리다'를 데리고 있다. 아리다와 쓰리다는 한 쌍이다. 아리아리 쓰리쓰리. 쓰리다는 '스리다'에서 나왔다. 사전을 보면 '스리'는 '음식을 먹다가 볼을 깨물어 생긴 상처'라는 뜻이다. 아주 구체적이고 예쁜 말이다.

　마지막으로 아리는 '어떤 사실이나 존재, 상태에 대해 의식이나 감각으로 깨닫거나 느낀다'는 뜻인 '알다'와도 통한다. 알다에서 '아리송하다'는 말이 나왔을 것이다. 알겠는데, 딱 집어서 말하지는 못하겠다는 뜻 아닌가. 조금 확대 해석하면 기원을 알 수 없다는 뜻과 통한다고 볼 수 있다. 진정한 앎의 세계, 기원에 대한 깨달음인 '아리'는 신화로만 존재한다. 자궁 속의 시간을 기억하는 이는 없다. 아리의 공간은 마치 바이칼호의 알혼섬을 감싸고 있는 안개처럼 뿌연 베일에 가려져 있어서 알 수가 없다. 그러나 분명 우리는 양수 속에 있던 그 시간을 겪었으므로 모르는 것도 아니다. 아리송할 뿐이다. '아리'의 뜻을 전해주는 사람이 샤먼이다. 알혼섬은 샤먼의 천국이다. 그중에서도 가장 에너지가 강한 바위, 칭기즈칸이 묻혀 있다는 전설을 품고 있는 알 속의 알, 부르한 바위에는 매년 5월 그 기를 받기 위해 온 천지에서 샤먼들이 몰려든다.

'아리조나'에도 아리랑이

「아리랑」 해석 시도 2

이렇듯 시베리아 바이칼호에서 남하하여 몽골을 거쳐서 한반도에 이른 북방 기마민족의 이동 경로는 아리랑의 말뿌리에 들어 있는 '아리'라는 낱말의 자취와 겹친다. 심지어 '아리'의 흔적은 멀리 북아메리카에서도 발견된다. 예컨대 '아리조나(Arizona)'가 그것이다. 멕시코와 국경을 마주하고 있는 미국 애리조나주에는 '피나 인디언'으로 불리는 원주민들이 살고 있는데, 그들 말로 '아리조나' 즉 '알리-소낙(ali-sonak)'은 '작은 샘'이라고 한다. '알리'가 '작은', '소낙'이 '샘'인 것이다. 소낙과 소나기는 같은 어원일 수 있다. 아리조나가 작은 소나기라니. 놀랍고 신기하다. 얼핏 보아

'아리수'와 다를 바 없는 말 짜임새라 아니할 수 없다. 동북아시아 사람들이 베링해를 건너 아메리카로 들어갔다잖은가. 이렇다 할 때 북아메리카를 자세히 뒤지면 '아리'의 흔적이 더 많이 나올 것이라는 가정까지도 해볼 수 있다.

넓게 보아 동북아시아의 기마민족은 '아리랑 벨트'로 묶여 있다. 아리랑은 그들의 오랜 문화적 전통을 아우르는 노래의 끈이라 할 수 있다. 그들은 역사 속에서 수많은 고비를 맞았고 실제로 여러 고원을 건넜으며 어려울 때마다 신성한 '아리'를 중심으로 기원을 되새기는 노래를 지었는데, 그게 '아리랑'이라 이거다.

넓은 의미의 아리랑 안에 좁은 의미의 아리랑을 설정해볼 수 있다. 좁은 의미의 아리랑은 특유의 장단과 노랫말과 정서를 지니고 있는, 한반도에서 형식화된 민요다. 한반도 동부 지역에서 전승된 선율 체계인 메나리토리 계열인 아리랑은 세마치장단, 3박자 패턴이다. 「독립군 아리랑」처럼 조금 활기찬 아리랑은 5박(3+2)의 엇모리로 연주하기도 한다.

'아리'에다가 '랑'을 붙이니 '아리랑'이 되었다. 랑이 언덕을 가리키는 '령(嶺)'의 변형이라고 보는 것은 자연스러운 일이다. '아리랑 고개를 넘어간다'는 가사가 여러 아리랑에서 등장한다. 한반도에서 아리랑의 기원을 찾아가다 보면 강원도가 나온다. 노동요이자 민요인 아리랑이 분포하는 지역을 조사하니 강원도가 중심이다. 그래서 「정선 아리랑」을 최초의 아리랑으로 치기도 한다. '강원도 금강산 일만이천봉 팔만구암자 유점사 법당 뒤에 칠성단 도도롱고……'로 시작하는 「정선 아리랑」은 첩첩이 접어드는 태백산맥의 지형을 굽이굽이 마음속 쌓인 한을 찾아 들어가는 마음 길과 덧대면서 시작한다. 아리랑의 백미다.

그런가 하면 '랑'을 신랑, 화랑 할 때의 '랑(郎)'과 연결하는 사람들도 있다. 아리를 '사랑하는 이'라는 뜻으로 해석한다면, 아리랑을 '남자 연인'으로 보는 것도 무리는 아니다. 「밀양 아리랑」은 남자더러 날 좀 보라고 대담하게 요구한다. 「진도 아리랑」은 데려가 달라는 호소다. 이때 화자는 여성이 된다. 사실 아리랑은 여자의 노래다. 일제강점기를 지나면서 모든 아리랑을 대표하는 아리랑이 된 「경기 아리랑」은 눈에 선한 이별의 장면을 여성 화자의 시선에서 생생하게 보여준다. 여자는 고개를 넘어갈 수 없고 남자는 고개를 넘어 꼴까닥 사라진다. 남자는 가고, 여자는 머문다. 갇혀 있다. 「정선 아리랑」은 조선 시대 남성 중심 사회의 여성에게 가장 뼈아픈 고통이었을 불임의 한을 노래하고 있다.

아리랑의 이야기들은 개인적인 일화를 담고 있다. 지은이가 없는 익명의 노래라지만 그 이야기는 개인이 실제로 겪은 아픔을 사실적으로 전달한다. 아리랑은 오랜 구전 전통 속에서 시시각각 새로 추가되고, 다시 만들어진다. 1인칭 여성 화자가 설정된 것은 근대 이후의 일일지도 모른다. 근대에 이르러서야 1인칭의 화법이 근대적 개인의 자각과 더불어 모습을 찾아가기 때문이다.

아리랑을 전국적인 히트송이 되게 한 것은 나운규의 영화 〈아리랑〉이다. 「경기 아리랑」이 아리랑의 대표곡이 된 것도 그때부터다. 그 공감의 범위는 한반도를 넘어선다. 나라 잃은 슬픔을 공유한 아리랑 벨트 전역의 민중이 이 노래를 통해 다시 한번 뿌리 깊은 아픔의 공감대를 형성하는 일대 사건이었다. 그것은 나라의 경계를 넘어 수많은 고갯길에서 눈물짓던 유목민의 집단 무의식과도 연결되면서 보편화된다.

우리는 마음이 아리고 쓰릴 때 아리랑을 듣는다. 너무나 외로울 때 아리랑을 부른다. 한이 맺혔을 때 아리랑이 절로 나온다. 이 돈이 어떤 돈이냐며 아리랑, 내 자식 내놓으라고 아리랑, 가슴에 묻었다고 아리랑, 탁 치니 억 하고 아리랑, 민주주의 만세라며 아리랑, 골리앗 크레인에서 아리랑, 연변에는 탈북 아리랑, 미국 땅엔 불법 체류 아리랑, 보호구역 인디언 아리랑, 사우디에서 사막 아리랑, 고국에 계신 동포 아리랑, 이역만리 교포 아리랑, 한국에 온 외국인 노동자 아리랑, 어디 니네끼리 되나 보자 아리랑, 잘 먹고 잘 살아라 아리랑, 이럴 수가 있느냐며 아리랑, 다 내 잘못이라며 아리랑, 소식을 모르니 그저 아리랑, 잘 가시오 보내면서 아리랑, 차라리 내가 죽지 아리랑, 마음속에 삭이고 또 삭여 아리랑, 자다 벌떡 일어나 가슴 치며 아리랑, 죽은 남편 보고 싶어 흐느끼며 아리랑.

겪은 사람은 안다. 아리랑은 타향에서 들리기 시작한다. 죽을 만큼 괴로울 때 아리랑에 아리랑을 더한다. 딱 한 곡이 남아 있을 때 그것은 아리랑이다. 내 곁에는 아무도 없고 남들만 즐거울 때 아리랑이 씹힌다. 살다 살다 아리랑이 들릴 때가 오다니. 이럴 순 없다고 가슴을 치며 아리랑을 부르다니. 가지 말라고 울며불며 아리랑을 만들다니.

우리 민족의 노래를 대표한다는 아리랑의 의미를 정확하게 알고 있는 우리나라 사람은 한 명도 없다. 기이한 일이다. 가장 많이 부르는데 그 뜻은 모두에게 아리송하다. 그것은 '아리'에 담긴 깊고도 넓은 문화적 단층들 때문일 것이다. 몽골 초원의 게르에서, 부랴트 사람들이 뛰노는 시베리아 평원에서 아리랑을 함께 부를 때 모두들 감격했던 기억이 아직도 생생하다. 그것보다 더 생생한 것은 바이칼의 바람 소리다. 건조하고 시원한 바람이 귓가에 쟁쟁하게 머물렀다. 꼭 엄마 배 속에서 들었을 법한 다정한 휘파람 소리 같았다. 아리랑의 기원은 그 바람 소리일지도 모른다.

아리랑 아리랑 말로는 못해요
쓰리랑 쓰리랑 상처를 달래요
아리아리 쓰리쓰리 지화자 좋네

노래는 허공에 거는 덧없는 주문

1판 1쇄 인쇄 2017년 10월 25일
1판 1쇄 발행 2017년 11월 1일

지은이 성기완
펴낸이 채세진
디자인 이승은
일러스트 이지영

펴낸곳 꿈꾼문고
등록 2017년 2월 24일 · 제2017-000049호
주소 04031 서울시 마포구 동교로 156-13, 4층 502호
전화 (02) 336-0237
팩스 (02) 336-0238
전자우편 kumkunbooks@naver.com
블로그 blog.naver.com/kumkunbooks **페이스북** /kumkunbks **트위터** @kumkunbooks

ISBN 979-11-961736-0-9 (03810)

KOSCAP 승인필 · KOMCA 승인필 · 서태지컴퍼니 승인필

◦ 이 책은 저작권법에 따라 보호받는 저작물이므로 무단전재와 무단복제를 금합니다.
◦ 책값은 뒤표지에 있습니다. 잘못된 책은 바꾸어 드립니다.

이 도서의 국립중앙도서관 출판예정도서목록(CIP)은 서지정보유통지원시스템 홈페이지(http://seoji.nl.go.kr)와
국가자료공동목록시스템(http://www.nl.go.kr/kolisnet)에서 이용하실 수 있습니다.(CIP제어번호 : CIP2017025361)